国际大奖小说

美国学校图书馆推荐年度最佳读物

爱在时代广场

[美] 乔治·塞尔登 / 著

[美] 盖斯·威廉姆斯 / 绘

傅湘雯 / 译

天津出版传媒集团

新蕾出版社

图书在版编目（CIP）数据

爱在时代广场 / (美) 塞尔登 (Selden,G.) 著；
(美) 威廉姆斯 (Williams,G.) 绘；傅湘雯译. ―― 天津：
新蕾出版社, 2014.9(2018.4 重印)
(国际大奖小说)
书名原文：Harry cat's pet puppy
ISBN 978-7-5307-6109-0

Ⅰ. ①爱… Ⅱ. ①塞… ②威… ③傅… Ⅲ. ①儿童文
学-长篇小说-美国-现代 Ⅳ. ①I712.84

中国版本图书馆 CIP 数据核字(2014)第 145518 号

HARRY CAT'S PET PUPPY by George Selden, illustrated by Garth
Williams
Text Copyright ⓒ 1974 by George Selden Thompson
Pictures copyright ⓒ 1974 by Garth Williams
Published by arrangement with Farrar, Straus and Giroux, LLC
Simplified Chinese translation copyright ⓒ 2014 by New Buds
Publishing House (Tianjin) Limited Company
ALL RIGHTS RESERVED
津图登字：02-2013-201

出版发行　天津出版传媒集团
　　　　　　　新蕾出版社
e-mail:newbuds@public.tpt.tj.cn
http://www.newbuds.cn
地　　址：天津市和平区西康路 35 号(300051)
出 版 人：马梅
电　　话：总编办(022)23332422
　　　　　　发行部(022)23332676　23332677
传　　真：(022)23332422
经　　销：全国新华书店
印　　刷：山东德州新华印务有限责任公司
开　　本：880mm×1230mm　1/32
字　　数：86 千字
印　　张：6.5
版　　次：2014 年 9 月第 1 版　2018 年 4 月第 15 次印刷
定　　价：20.00 元

一辈子的书

梅子涵

亲近文学

一个希望优秀的人，是应该亲近文学的。亲近文学的方式当然就是阅读。阅读那些经典和杰作，在故事和语言间得到和世俗不一样的气息，优雅的心情和感觉在这同时也就滋生出来；还有很多的智慧和见解，是你在受教育的课堂上和别的书里难以如此生动和有趣地看见的。慢慢地，慢慢地，这阅读就使你有了格调，有了不平庸的眼睛。其实谁不知道，十有八九你是不可能成为一个文学家的，而是当了电脑工程师、建筑设计师……可是亲近文学怎么就是为了要成为文学家，成为一个写小说的人呢？文学是抚摸所有人的灵魂的，如果真有一种叫作"灵魂"的

东西的话。文学是这样的一盏灯,只要你亲近过它,那么不管你是在怎样的境遇里,每天从事怎样的职业和怎样地操持,是设计房子还是打制家具,它都会无声无息地照亮你,使你可能为一个城市、一个家庭的房间又添置了经典,添置了可以供世代的人去欣赏和享受的美,而不是才过了几年,人们已经在说,哎哟,好难看哟!

谁会不想要这样的一盏灯呢?

阅读优秀

文学是很丰富的,各种各样。但是它又的确分成优秀和平庸。我们哪怕可以活上三百岁,有很充裕的时间,还是有理由只阅读优秀的,而拒绝平庸的。所以一代一代年长的人总是劝说年轻的人:"阅读经典!"这是他们的前人告诉他们的,他们也有了深切的体会,所以再来告诉他们的后代。

这是人类的生命关怀。

美国诗人惠特曼有一首诗:《有一个孩子向前走去》。诗里说:

有一个孩子每天向前走去,

他看见最初的东西，他就变成那东西，

那东西就变成了他的一部分……

如果是早开的紫丁香，那么它会变成这个孩子的一部分；如果是杂乱的野草，那么它也会变成这个孩子的一部分。

我们都想看见一个孩子一步步地走进经典里去，走进优秀。

优秀和经典的书，不是只有那些很久年代以前的才是，只是安徒生，只是托尔斯泰，只是鲁迅；当代也有不少。只不过是我们不知道，所以没有告诉你；你的父母不知道，所以没有告诉你；你的老师可能也不知道，所以也没有告诉你。我们都已经看见了这种"不知道"所造成的阅读的稀少了。我们很焦急，所以我们总是非常热心地对你们说，它们在哪里，是什么书名，在哪儿可以买到。我就好想为你们开一张大书单，可以供你们去寻找、得到。像英国作家斯蒂文生写的那个李利一样，每天快要天黑的时候，他就拿着提灯和梯子走过来，在每一家的门口，把街灯点亮。我们也想当一个点灯的人，让你们在光亮中可以看见，看见那一本本被奇特地写出来的书，夜晚梦见里面的故事，白天的时候也必然想起和流连。一个孩子一天

天地向前走去，长大了，很有知识，很有技能，还善良和有诗意，语言斯文……

同样是长大，那会多么不一样！

自己的书

优秀的文学书，也有不同。有很多是写给成年人的，也有专门写给孩子和青少年的。专门为孩子和青少年写文学书，不是从古就有的，而是历史不长。可是已经写出来的足以称得上琳琅和灿烂了。它可以算作是这二三百年来我们的文学里最值得炫耀的事情之一，几乎任何一本统计世纪文学成就的大书里都不会忘记写上这一笔，而且写上一个个具体的灿烂书名。

它们是我们自己的书。合乎年纪，合乎趣味，快活地笑或是严肃地思考，都是立在敬重我们生命的角度，不假冒天真，也不故意深刻。

它们是长大的人一生忘记不了的书，长大以后，他们才知道，原来这样的书，这些书里的故事和美妙，在长大之后读的文学书里再难遇见，可是因为他们读过了，所以没有遗憾。他们会这样劝说："读一读吧，要不会遗憾的。"

我们不要像安徒生写的那棵小枞树，老急着长大，老以为自己已经长大，不理睬照射它的那么温暖的太阳光和充分的新鲜空气，连飞翔过去的小鸟，和早晨与晚间飘过去的红云也一点儿都不感兴趣，老想着我长大了，我长大了。

　　"请你跟我们一道享受你的生活吧！"太阳光说。

　　"请你在自由中享受你新鲜的青春吧！"空气说。

　　"请你尽情地阅读属于你的年龄的文学书吧！"梅子涵说。

　　现在的这些"国际大奖小说"就是这样的书。

　　它们真是非常好，读完了，放进你自己的书架，你永远也不会抽离的。

　　很多年后，你当父亲、母亲了，你会对儿子、女儿说："读一读它们，我的孩子！"

　　你还会当爷爷、奶奶、外公和外婆，你会对孙辈们说："读一读它们吧，我都珍藏了一辈子了！"

　　一辈子的书。

Harry Cat's Pet Puppy 目 录

第一章　从天而降的"洗碗刷"

"亨利，是你吗？"老鼠塔克不耐烦地问道。

他背对着时代广场地铁站排水管的开口处。这里是他和他的朋友亨利安身的家，现在他正在准备晚餐。在一块干净的地板上，塔克摊开了今天才从旁边的午餐摊四周觅来的零碎美味——生菜西红柿三明治里的一小片生菜，火腿干酪三明治里的一角干酪，和掉在地上的糖果上的一些巧克力碎块。

"我已经等了整整一小时了，亨利！"塔克知道是整整一小时，因为就在一周前，有个倒霉的上班族表带断了，而塔克非常了解每样东西的价值，所以他立刻冲出去，在那个人之前把表抢了回来。"一小时了，亨利，而且——"

"好啦。"亨利在他身后温柔地轻声说。

"你说'好啦'是什么意思？"塔克说，"我早就在这里了。"

"好啦好啦。"亨利哄他。

塔克转过身来，"那是什么玩意儿？"

就在亨利的面前，有个像脏洗碗刷的玩意儿正在轻轻向前移动。这个脏兮兮的洗碗刷还有四条腿和两只惊慌失措的眼睛，那两只眼睛藏在几撮打结毛球的后面，不断地前后张望着。

"快把那玩意儿弄走！"塔克大叫。

"嘘！"亨利压低声音，警告着。

"我的排水管也许有点儿乱七八糟，"塔克宣布，"但至少它不脏。"

"我说过了，闭嘴！"亨利说话声音高起来，塔克听得出那声音里有种不容争辩的威严。他把一只脚放在脏"洗碗刷"上面，按住了他，"乖乖坐好，好狗狗。""洗碗刷"紧张地蜷缩身子。"我们来吃点儿东西吧。"

"它也要留下来吃饭？"塔克很不情愿。

"别'它它它'的。这是条小狗，公的，他是要留下来吃

饭！"

塔克狐疑地摆动他的胡子，"请问，你到底是在哪儿遇上这条'血统纯正'的犬科动物的？"

"我在第十大道的死巷子里发现他在那里哭——其实不只是哭，是呼天抢地。"

"第十大道的死巷子可不是个适合小狗待的地方。连老鼠、猫，甚至人，都不适合，"塔克表示赞同，"那它——他的大名是……"

"他没名字。"亨利说，"不管是谁把他给丢掉的，他们都没给他起名字。话说回来，他也不会知道。他还小，根本不会说话。"

"那么，他的品种呢？"塔克问道。

"这可考到我了。"亨利疑惑地望着这条小狗，"从他满脸的毛来看，他一定有点儿牧羊犬的血统。他的肩膀比较像德国牧羊犬，而那条尾巴看起来又有点儿像苏格兰牧羊犬，我也搞不清。"

"好个种族大熔炉啊！"塔克长长地叹了口气，"这可正是愉快十月天里我最需要的！"

一个月前，他和亨利刚去拜访过康涅狄格州的蟋蟀柴斯特,塔克一直在期盼着轻松自在的秋季。他甚至计划去几趟布莱恩公园,就是第五大道与第四十二街转角上公共图书馆后面的那一座,好好儿享受一下那里树木间红黄参差交错的秋叶。这些秋叶着实给纽约钢筋水泥与砖块石头的街景平添了几许颜色。

"就只有这些吃的啊?"亨利问。

"稍等!"塔克喝令,"老鼠也得有规矩。我们得先让他冲个澡!"

"少来了吧,"亨利反对道,"你知道狗狗对洗澡——"

"他不洗干净,就一口也别想吃我今天千辛万苦才搞来的食物!"塔克讲明了,"现在就给我去冲澡——齐步,走!"他摆出了自己平生最威严的姿态,把小狗赶进了排水管后面的一个开口处。

那里有一处凹进去的小间,是塔克和亨利的淋浴间,顶上有一条漏水的水管,涓涓水滴不断地滴漏下来。说也神奇,这水竟是干净的——也许它是从某条通往午餐摊的水管里漏出来的吧!这水注满了地板上的一个小洞,然后又从另一个角落的裂缝里流走了。

也许在塔克的住所下面,还会有其他大大小小的老鼠

或是蟋蟀,在使用塔克他们的洗澡水。塔克当然不会知道或是在意。在时代广场地铁站里,干净的水非常宝贵,没有人会费心搞清楚它到底是打哪儿来的。

"现在,给我去好好儿冲个澡!马上就去!"虽然这条小狗的体型几乎是塔克的四倍大,但塔克还是紧跟在他后面,用两只前掌压在小狗的屁股上,奋力一推。

小狗被推进小水洼里。他垂头丧气地坐在漏水的裂口下,浑身湿漉漉的,脸上露出只有全身湿透的小狗才会有的表情。"现在打肥皂!"塔克打开了一张面巾纸,拿出了一把肥皂碎片——都是一天夜里从午餐摊搜寻来的——把它们丢进了他的浴缸里。那玩意儿只管呆坐着——只是现在被装扮得就像是挂满雪花的圣诞树!

"既然非要我动手,那我现在就干!"塔克如果是个人的话,他现在的姿态,就是卷起袖子,一头冲进了水里。他带着一股火气,在短短几分钟里就揉搓起了好多的泡沫,让他和小狗成了货真价实的两朵肥皂泡泡。

"嘿,等一下!"塔克泡泡回头对着浴室入口说,亨利正带着一抹满意的微笑端坐在那里,他的尾巴利落地围住了他的腿,"喂,怎么不是你来干这件事?他可是你的大发现

啊！"

"但是你做得很好啊！"亨利发出满足的呜呜声。他"噼啪"甩了一下尾巴，就一转身走回了客厅，嗯，应该说是水管厅。

"嘿，别想！你拖来一条——"塔克一心想喊住他。

"尽管如此，还是请你快一点儿。"亨利叫道，"小狗和我都饿了。"

经过好一场水花四溅和不满的咕哝之后，当然，少不了有一些肥皂跑到眼睛里，塔克终于把自己和这条小狗洗干净了。然后，他又从他放面巾纸和肥皂碎片的壁龛里拿出了两张干净的纸巾——午餐摊的老板一直没法理解东西为什么总是会不见——把他们两个都擦干了。

"该吃晚饭了。"他满心怨恨地冲着小狗咕哝道。

结果这竟然只是属于亨利和塔克的晚餐。

"现在他又怎么了？"塔克气鼓鼓地问。

小狗凄惨地坐着，低头瞪着生菜，又看了看那角干酪。

"我猜他不喜欢生菜。"亨利说，"还有干酪，也不喜欢。"

"一条爱美食的杂种狗，"塔克抱怨道，"我可真不希望看到这样的景象！"他的胡子抽动着，"那么我们要拿什么来喂他呢？"

"我想，"亨利理直气壮地讲起来，"如果我们等等——"

"我晓得了！"塔克突然像得到了鼠辈的启示一样，大声宣布，"是肉！狗是吃肉的！"他的胡子若有所思地颤动着。"那该到哪里去找肉呢？"他走到了排水管的开口处，往外瞧了瞧。

高峰时刻刚刚过去。混乱的上班族人潮南来北往，曾经塞满了傍晚时分的时代广场地铁站。现在这里人流已稀稀落落。虽然仍不乏鞋子和小腿——这就是老鼠眼中的人类——在到处移动，但情况已不像五点钟时那样恶劣。

"肉……"塔克喃喃自语着。他抖动着胡子，努力思索着这问题。

"喂，小耗子精——"亨利轻轻地把他的脚掌放在塔克的头上，然后平顺地滑下他的背。

"别叫我'耗子精'！"塔克抗议着。

"等小狗饿了，他就会吃。"亨利安慰他。

"你有过刚出生几周就待在第十大道的巷子里的经历吗？"

"没有,但是——"

"所以,他一定要有肉!而且是好吃的肉!"塔克把他心目中好吃的肉,在脑子里无声地过了一遍。他想到了火腿三明治里的火腿屑,肝泥香肠,还有热狗,嘴里不禁冒出了口水。哎呀,实在是太美味了!就在这时,美味中的美味出现了——"汉堡!有了它,谁还要别的呢?"

"塔克,他会吃的,只要你——"

"那边有个开口!拜拜了!"

趁亨利还没来得及抓住他的当口,塔克已经在熙来攘往的人群中发现了一个空当,他像箭一般冲向了卖午餐的小吃摊。

住在时代广场地铁站里的老鼠,怎么说都是过着危险的生活。光天化日一下冲出去,就算是已经过了高峰时间,人类也着实没把他这四条腿生物的命当回事。除了所有的上班族,时代广场地铁站里还到处都是交通警察。他们的工作就是要让这地方尽可能地井然有序,他们当然不会把老鼠当作地铁站里的装饰品。

塔克一溜烟儿地越过一个前往康涅狄格州的男人的左脚,又设法躲开了一位女士的高跟鞋跟,直直地穿过一名交通警察的两腿之间，然后，喘得像一名短跑选手，到达了午餐摊角落上的安全地带。

一个名叫路易莎的中年妇人正站在火炉旁，煎着汉堡和热狗(过去这两年本来都是一个名叫米奇的红色鬈发年轻男子在打理这个午餐摊，但他终于存够了钱，在今年秋季上大学去了。不过，对塔克现在所打的主意而言，这也是件好事)。

塔克喘了口气，把路易莎细细打量了一番。过去两个月，他一直都从排水管的开口处观察她，已经判断出她属于那种紧张型的人，肯定在时代广场地铁站这种扰攘纷乱的环境里，支撑不了多久。现在他就打算小小地推波助澜一下。

塔克选择好了最佳时机，就在路易莎刚要把一片煎好的肉饼夹进两片圆面包之间时，他直冲过去，朝着她的脚踝猛抓了一下。他很抱歉爪子划破了她的丝袜，但是没办法。路易莎吃了一惊，往下一望，立刻张口结舌。这时塔克亮出了他的绝活儿：他使出全身力气，纵身跃入空中，露出他最狰狞的面目，朝着可怜的路易莎摆动着他的爪子，并且以尖锐的声音发出嘶吼，那是任何一头小狮子都会引以

为傲的吼叫声。

他的阴谋得逞了。路易莎大叫一声,尖声喊道:"有老鼠!得了狂犬病的老鼠!"她慌不择路地爬上炉旁的餐台,汉堡从她手中掉了下去。

塔克摆出一副橄榄球运动员的架势,一把接住了这个汉堡,把它夹在两臂之间——汉堡实在太大,没法只夹在一只手臂下面——然后以持球队员突破散开防守区的奔跑方式,冲回排水管。

终于到家了!尽管在狂奔的过程中,他的尾巴确实被一个来自爱荷华州的男子——他只是想看看时代广场是个什么样子——无意中踩了一下。

"亨利,你看!亨利,你看!我拿到了——"塔克欢呼雀跃。

"你这个傻瓜!你差点儿没命了!"

"是啊,但是你看,亨利!我拿到了这个汉堡,而且是好大的一个漂亮宝贝!"塔克依偎着他的汉堡,一半是因为饿了的缘故——他很希望小狗能剩下那么一小口给他——但主要还是因为满怀骄傲。

事情的结果是,汉堡一丁点儿也没剩下。塔克一把汉

堡放下,小狗立刻嗅到了热腾腾的肉香,他发觉自己饥饿难耐。他也确实该饿了,因为上回他吃到的东西,还是从第十大道排水沟里找到的一小片变了味的熏香肠。

"唉,这么快就解决了。"塔克闷闷不乐地凝视着刚才还摆着汉堡的位置。

"好啦,"亨利说,"我们还有面包可吃,上面还加了美味的肉汁哟!"

塔克也靠着这一点儿想法安慰了自己,几乎是在快吃完他那半个面包时,才发现亨利的面包纹丝没动。"又怎么不对了?"他张开他那油滋滋的嘴唇问道。

"他在哭。"亨利静静地说。

塔克的嘴角抽动了一下,"他——"

在一旁的角落里,小狗把头靠在墙上,眼睛被散乱的长毛盖住,看不见,泪珠却扑簌扑簌地落下来,孤零零的。

"好啦,别哭啦。"亨利哄着小狗,声音柔得就跟他的毛皮一样。

"好啦,好啦,你就当我们的一分子嘛!"塔克也跟着帮腔。

小狗起身走过来,坐到了亨利旁边。

"对啦，"亨利说。这听起来有点儿奇怪，猫竟然会这么做，但他真的是收起了尖利的爪子，伸出脚掌，轻抚着小狗的头。"你是亨利的宠物狗，是亨利的小狗，好不好？"

"亨——"小狗迟疑地说。

"他要开始说话了！"塔克冒出话来。

"嘘，嘘！"亨利警告着。

"亨……亨比。"小狗结结巴巴地吐出几个字。

"亨利的小 baby（意为宝贝），亨比。"亨利朝他的朋友瞄了一眼，"你觉得可以吗？我们就这么叫他？"

塔克看了看他们两个，他的胡须上还滴着此时早已忘记的美味肉汁，"我想我应该 OK 吧！"

第二章 讨厌鬼

但是几天之后，塔克就不很确定这个名字是 OK 的了。

"塔比。"他嘟囔着，"应该叫'塔比'才对。塔克的小baby。说到底，还是我去把那个汉堡弄回来的啊！"

接下来几周发生的事才会让塔克明白：宠物狗有可能非常讨人厌。特别是当他真正的主人外出，在纽约市巨大的机械迷宫里觅食的时候——那本是猫的职责，也是他的乐趣。

例如，就在小狗住进来的第二天，出现了这样的问题——

"别搞了！"塔克叫道，"你马上给我停下来！到这儿来！"

在排水管最远的角落里，被他们谨慎地藏在一大块坠落的灰泥后面的，是一块盖着好几层干净报纸的区域，这是他们精心设计的厕所。每天深夜，当地铁站几乎空了，四周安全了，塔克或亨利——他们轮流做家务——就会把报纸裹起来，用一根橡皮筋捆好，再丢到附近的垃圾桶里（塔克一定会确保他能搜集到足够的橡皮筋存货。午餐摊就是获得橡皮筋的方便所在）。

"好了。"塔克拿出了为人父母般的威严，指着报纸说道，"你给我去那边办事——办你必须办的大小事。"他大模大样地走回排水管的客厅区。

几分钟后，亨比就垂头丧气地回来了。

"你把事情都搞定了？"塔克正色质问他。

"是喔。"亨比低声嘀咕着。现在他会说几个字了，很有限的几个字。

但是他根本不懂。只要养过小狗的人都知道，刚开始那几周的日子有多煎熬。对塔克来说，这煎熬更是格外难忍，因为他向来以拥有时代广场地铁站最干净的——虽然挺乱的——排水管为傲。

一天晚上，那只斑纹大猫打从外面逍遥回来了，而此刻亨比正在睡觉，塔克便开口说道："亨利，我们得谈点儿事。"

"我猜到了。"亨利带点儿不屑地说。他看得出客厅区很多地方都重新整理过，有条上班族的手帕——是塔克最爱的一件来自人类的收集品——已经给丢出去了。

"要一只老鼠来训练一条狗怎么上厕所，实在是太可笑了！"塔克挺直了他的身躯——大约三英寸高，"我可不想显得那么可笑！"

"如果你操心的就是这件事，耗子精，"亨利说，"其实你大可不必，因为你从来就没有不——"

"少给我耍嘴皮子！"塔克大声叫道，他三英寸高的身量也随之坍塌。

"别紧张，"亨利安抚他，"总是要花点儿时间的。你知道小狗就是这么回事。"

"不，我不知道小狗是怎么回事！"塔克咆哮着，"我，大概是史上第一只必须照顾一条小狗的老鼠了！"他把一周前才打捞来的一个皮带扣恶狠狠地踢了一脚，"还有，讲到照顾这件事——"

"我这阵子很忙。"亨利说。

"满嘴借口，"塔克咕哝着，"都是一样的借口。忙……你都在干些什么？"

亨利没回答。他正在规划一件事，但是目前还不准备跟人讨论它。

他没回答塔克的问题，走过去看了看正在熟睡的小狗，并且把一张面巾纸——一张特别的面巾纸，因为塔克总算把它完整地抢救下来——塞到了小狗的左肩下面。

"他一直把它踢开。"塔克烦恼地说。他跑到另一边，很讲究地把撕破的面巾纸边缘弄到里面去。本来，他是打算用这张面巾纸擤个惊天动地的鼻涕的，尽管现在它成了一张毯子——这是一小时前，在这个秋风萧瑟的夜晚，他带亨比上床时，才做的决定——他还是非常珍视这张面巾纸的。

尽管不像上厕所这件事这么不光彩，但亨比的另一个习惯，也很让塔克操心。

有一个星期二，就在早高峰和午餐之间，塔克正在做早上的例行家务——清点他一生的积蓄，确保每一样东西都没少，偶尔抬头一看，却发现小狗不见了！

"亨比？"他焦急地对着空荡荡的排水管喊着，"亨比——你在这里吗？"

他不在。

"亨比……亨比！"惊恐的感觉爬上了塔克的心头。他急忙跑到排水管的开口处。就在三英尺开外的地方，满足地嗅着一个翻倒的垃圾桶的，正是那个不知天高地厚的"洗碗刷"。"你给我回来！"于是"洗碗刷"气定神闲地晃进了排水管。"你再也别给我到那边去！"毕竟，时代广场地铁站可不是被人好好儿看顾的草坪，有高墙围绕保护。这里人来人往、乱七八糟，又有许多忙乱又粗心的人类。

"我是说真的！"塔克严厉地教训着他，"你什么时候足够大到可以去外面的世界，我说了算！"

"喔。"亨比心不甘情不愿地答应着。

但是塔克还没有做出决定，亨比就又到外面的世界去了。当天下午，他嗅到了最近的地铁轨道附近一个垃圾桶里的熏肉香肠味道，就又跑了出去。

"亨比！别靠近边上！"在狂乱地找遍了几乎所有的排水管以后，塔克终于发现了他。他狂奔过去——一道灰毛闪过——开始扯着狗耳朵把他往回拉。尽管亨比年幼，可他的体型还是比老鼠要大上许多,而且性格异常顽固。他就那么定定地坐在那儿,任由他下垂的耳朵被拉扯着。

"噢,拜托。"塔克央求着,"回家去!亨比,拜托!"就快四点半了——踩人的脚就要开始活动了,"我会去拿那个热狗,保证会去拿!"

亨比就这么任由他的耳朵被扯着回到安全地带。塔克也信守承诺,再一次一溜烟儿地跑到开阔处,抢救回一个后来才发现放得太久、几乎已经不能吃的热狗。

"想想看,"塔克倚着排水管喘着气,"为了那么一小块肉,我差点儿丢了性命。真是不值!"

接下来的几天,尽管非其所愿,还违背自己已经明确下达的命令,塔克有好几次冒着生命危险的行动。因为亨比发现了一个开心的游戏,并且乐此不疲。那就是,要是他跑到地铁站里,当然,能跳着蹦着去就更好,跳上跳下,玩得忘乎所以,那么,这只歇斯底里的老鼠就会立刻冲出去追他,求他,还拉他的耳朵——其实根本不痛——在他的屁股后面推他,用尽一切努力,要把他弄回墙角的那个洞里,就是一直被塔克称作"家"的地方。

"我受不了啦!"有天晚上塔克忍无可忍。那天下午,亨

比越过了地铁轨道的末端，一路跑到了车站另一边，那是他向来游荡跑得最远的去处。他还躲在一个垃圾桶的后面，朝一名交通警察狂叫。在亨比看来，这是一个非常棒的游戏！

"这很严重，"亨利皱起了眉头，两条眉毛几乎拧到了一起，"他会被人抓到，要是他跌到地铁轨道上的话，甚至还会丢了小命。"

"他会没命的！他会……怎么不想想——"

"耗子精——"亨利安抚着他的朋友，就像他通常那样，把一只重重的脚掌放在塔克的背上，轻柔地将他压在地板上。

"亨利,拜托,"塔克喘着气,"可不可以请你不要压扁我——"

"你认识这个地铁站里的每一个洞,"亨利继续说着,"你认得每一条裂缝,你可以随时逃。但是亨比还小,他还不懂得危险。"

"小归小,"塔克说,"但他越来越任性,越来越淘气。我真的是在那个警察找出叫声源之前,一点儿不假地把他扛回来的。"

亨利又皱起了眉头。"这真的很严重。我还没想好,该怎么做。"

"做什么?"塔克问道。

"算了,"亨利说,"我们把他叫醒吧!这件任性胡为的事,我们现在就得把它解决。"

他们走进现在被称作"亨比的屋子"的地方。那是一个相当大的纸箱——本来是六瓶苏格兰威士忌的箱子,亨利有一天深夜幸运地在街上找着了它,并把它一路拖回地铁站里。他和塔克绞尽脑汁,把它折弯一点儿,才让它顺利地穿过排水管的开口,没有太大的破损。第二个星期天,他们

又联手合作,救下了一份周日版的《纽约时报》。塔克用他的一双小爪子撕碎了一整份的报纸——这可是个大工程,因为周日版的《纽约时报》可是最厚的了。然后,精彩的高潮来了——塔克在垃圾桶里发现了一个虽然被撕破却仍然可以用的软垫子。仔细检查过,确保里面没有住着虫子或其他不速之客以后,塔克把它放进了箱子的一端,这样亨比就有了一个舒适的枕头。塔克等着一声道谢,但小狗却只是嗅了嗅它,一声不吭地躺了下去,头靠着它,很快进入了梦乡。看来挺不错,塔克心里想。

起初这箱子对小狗来说似乎还大了点儿,但是在跟塔克和亨利同住的这段时间里,他长得好快,现在这箱子已经完全适合他的身材了。

"醒一醒,快起来——"亨利把爪子伸进了箱子里,摇了摇小狗。他睡得迷迷糊糊的,咕哝了一声。"起来!"亨利毫不客气。

亨比睡眼惺忪地坐了起来,他的头勉强搭在箱子边的上端,"什……"

"什"是他学会的少数字中的一个。

亨利把他好好儿训了一顿,还加上了手势和到处乱跑的示范,就怕亨比不能充分理解,最后还用"一定不可以"作为结尾。亨利摇动着毛茸茸的脚掌警告他:"一定不可以!坏小狗!一定不可以这么做!你要答应我!说好啦?"

小狗垂着头,一双眼睛穿过那些乱糟糟的卷毛窥视着外面,怯生生的。"是喔,好爷。"他低声说,然后又倒回到他的枕头上。没几分钟,他小小的呼声就清晰可闻了。

"我想这应该有效了。"亨利说,他对自己刚才对一条成长中的狗发了发猫科动物的权威,感到相当满意。

"但愿如此!"塔克依然带着点儿火气。

让塔克大为光火的还有另一桩事——亨比不肯叫他的名字。在排水管里住到第三周的时候,他已经学会了许多词汇。"汉拔"就是汉堡,"熏场"就是熏肉香肠,"采采"就是生菜丝。此时塔克已经明白这条小狗的心在哪儿了,就在他的嘴里,他学会的所有词汇都和吃有关。他还会说"是喔"和"不不",这些都是跟地铁的列车长学来的。不管塔克怎么费尽力气教他规规矩矩地说"好"和"不好"两个词,这些都已牢不可破。然后,在一个阳光灿烂的午后,又出现了"好爷"。

当时,亨利半逗他、半摔跤地跟亨比闹着玩。突然间,

不知怎么回事——很多小狗和小朋友的话，都是这样莫名其妙冒出来的——小狗不再咯咯傻笑和满处打滚，他抬头冲着微笑的猫，一脸严肃地说："好爷。"他不是在问问题，也不是在要什么东西。他只是发现了亨利的名字。名字很奇妙，很重要，特别是活生生的人的名字，名字让人成为他们自己。

当亨比说"好爷"的时候，亨利和塔克不禁彼此对望着。塔克一直都坐在边上，犹豫着是不是该加入这场游戏。他刚刚决定要参与其中，事情就发生了。有那么一会儿，他们两个都静静坐着，心里明白，刚才发生了大事。

以塔克之见，这一刻本来还可以更伟大的——事实上，是伟大得多——如果在说了"好爷"之后，这条狗又说了"塔卡"，或是任何听起来像是他的名字的话。但是亨比没有。他又继续跟这只温柔的大猫摔起跤来，还一遍又一遍地重复着："好爷！好爷！好爷！"并且开心得了不得地大笑……于是，塔克决定不加入他们了。

第二天，等亨利出去后，虽然塔克怎么也不想承认自己有那种嫉妒的痛楚，但他还是花了一整个下午，又哄、又求、软硬兼施地要亨比说出他的名字。

他指着小狗,然后又指指自己:"你,亨比;我,塔克。"简直就像拓荒者努力在教印第安人说英语。

"汉拔!"亨比说。

"我,塔克!"

"熏场!"

"不对,塔克!"塔克大声叫道,"塔克。现在,你说!"

"好爷!"小狗开始窃笑。更过分的是,他说出"好爷猫",然后背朝下满地打滚,开心地咯吱咯吱笑,还把他的脚掌在空中乱抓一气。这是他对自己特别满意时才会做的动作,就跟那几次他让塔克急得发疯的时候一样。

那一晚,当摔跤戏又开场的时候,塔克看都不想看。

压垮塔克的最后一根稻草,发生在亨比来到他们这里近一个月的一个星期四的午后,它像一根铁棒一样落了下来,而此时他还是不叫塔克的名字。

每当新一年的一月来临,塔克总会去搜来一份日历以保证在每个月的最后一个星期四都可以按时打扫排水管里的房子。这意思是,为了更好地利用空间,塔克要将他收集的所有乱七八糟的东西重新整理一回。他答应亨利,每个月都会把一些无用的东西处理掉。只是塔克生性爱储存

东西,实在无法忍心丢掉哪一样,所以他就把所有的废物
挪到一个新地方。至少这样排水管看起来会有些不一样,
他称之为房子清扫。

每个月,带着一颗满怀骄傲的心痛之心,他真的会丢
掉一样什么东西,但这只是为了让他对亨利有话说:"你
看,我丢了那样东西,不是吗?"四星期前,他把一根鞋带丢
回了前一天他才从里面把它拉出来的那个垃圾桶。这个月
呢?这个月,塔克看了看周遭,那副破眼镜是一定得留下来
的,那可是个大奖呢!那个铜皮带扣也是。最后,下了很大
的决心,他终于忍痛割爱,决定与两周前才找回来的一个
发夹分离。他重重地叹了口气,把它从排水管开口处丢了
出去,心里只盼着某个年轻女孩子能捡着它,把它洗干净
了拿来用。他其实也不完全是守财奴啦!也许是有那么一
点点的味道,但只是一点点而已。塔克真的无法忍受把东
西浪费掉。

亨比已经注意了他一整个下午,看着他把这样东西拖
到这里,把那样东西拉到那里,又把另一样东西拖去对面
角落(其实只是重新布置,根本算不得清扫)。小狗印象最
深刻的,就是塔克宣誓般对自己说"我想我可以把这东西

丢出去"的那一刻,然后便把发夹扔向了等候着它的未知命运。经过这一番心理上的惊吓,以及身体上的劳作,亨利终于被搞得筋疲力尽。他爬进他的角落,抖松他撕碎的报纸,好好儿睡了个午觉。

一个钟头后塔克醒来,却面对了他这一生中最可怕的遭遇!

在梦中,他觉得听到了叮当声。这是塔克喜欢的声音,因为这声音让他想起自己每天点数他一生积蓄的时光:他所有财物中最宝贵的那一枚枚硬币,全都整齐地堆在排水管墙壁上的一个洞里。但是,或许是因为他感觉不到这些硬币了,这叮当声开始让他担心。

他把眼睛睁开,正好看到亨比的尾巴,他正走向排水管的开口处。"嘿,你给我回来!"塔克一跃而起,一把抓住了一截尾巴,把小狗拉回洞里,"你的朋友'好爷'已经告诉过你了——"

就在这时候,亨比咳嗽了一声。塔克正觉得亨比的两颊看起来不大对劲,好像肿肿的,却发现从他的嘴里赫然掉出了三枚二十五美分的硬币,四枚十美分的硬币,和六枚五美分的硬币。

"搞什么！"

塔克望着这些硬币足足有一秒钟的时间，然后转过身去——他最担心的事被证实了！掩藏他存放一生积蓄的那个墙洞的那块灰泥，每天他把硬币清点过一遍以后一定会小心摆回去的那块灰泥，已经被推开！他一半的钱都不见了！要是他还有时间，塔克铁定会当场昏倒在地。但就在这千钧一发的时刻，一个警告的声音在他心头响起：可能还有别的不好的事。果然不错！他其他的财物几乎也都不见了！排水管里已经切切实实地空了！

"你都干了什么?！"他尖声叫着，心里一阵慌乱。

"丢掉！丢掉！"亨比快乐得眉开眼笑。他天真无邪，在看到塔克把他所有的东西搬来搬去，又举起发夹把它丢出去之后，他对这个动作印象特别深刻，便就此判定，把其他东西也都丢出去应该是个好主意，特别是洞里那些亮闪闪的玩意儿。

"喔，天哪——"塔克捂住自己的胸口，竭力不让心脏病发作，然后他由惊慌转为愤怒，"你给我进箱子里去！乖乖待在里面！今天晚上不许吃饭，你这个蠢杂毛！"

亨比被吓得全身颤抖地跳进了他的小窝，把头藏在枕头下面。他还以为自己是在帮忙。

少数还没被丢出去的东西里，有一样是手表。此刻指示四点钟，离人群开始在地铁站里四处乱窜还有半小时。

塔克变成了一团毛球旋风，把所有的谨慎全抛在脑后——没了他一生的积蓄，他还有什么生命可言？他冲出

去,跑进地铁站。经过半小时疯狂的东奔西走,他找回了两美元八十三美分。当然啦,钱是他最先去追回的,然后还有许多室内陈设。还好,亨比还小,还不能把东西扔到离排水管开口处很远的地方。

但是很多东西都已经遗失了。等到上班族真的开始赶着下班了,塔克也只能无助地坐在排水管开口处,在怒火与痛苦的迷乱中,眼睁睁地看着他们拾起那些他明知是他失落的五美分、十美分和二十五美分。

那晚亨利回来得晚。但是塔克执着地等着他回来,然后气急败坏地、又骂又跺脚地讲述了这件可怕的事。

"好啦,别紧张,塔克。"亨利知道这件事非比寻常。对塔克来说,这十分严重,甚至可能会要了他的命。"他只是——"

"我不管他只是要怎样!"塔克歇斯底里地狂吼着,"不但是我一生的积蓄,还有我的皮带扣,我的高跟……"

"我会溜到第五大道,给你偷一双高跟鞋来。"亨利承诺。

"我不要一双高跟鞋!我只要我那只很好的旧鞋。它已经没了!我看到一个笨蛋把它踢进轨道里了。"

HALF DOZEN

BEST SC

WHIS

SPEC

"这事我们再谈——"

"我们现在就要谈这事。"塔克用一只颤抖的爪子指向那个纸箱——整晚都没听到那里传来哼哼唧唧的声音，"他必须走！"

"嘘！"亨利警告着，"你会把他吵醒的。"

"这是我的家！"塔克愤愤不平地压低了声音，"让他给我走！明天就走！"

"唉，让他去哪里呢？"亨利问道，尽可能地保持平静。

"再没办法，就去白雾医院！他们那里需要动物。让他们拿他做实验！"

"塔克！"亨利大声地制止他。

"我是说真的，亨利！我们可以把他卖到那里。我还能拿回他还欠我的九十五美分——"

又受伤、又担心，而且极度失望，于是亨利冷冷地转身背对着他的朋友说："今晚我不要再讨论这事了。"

"管你讨论不讨论，反正明天他得走！"愤怒至极，塔克狠狠踢了亨比的小窝一脚。它震动了一下，然后又落稳了。"这条愚蠢、邪恶的小杂毛！"

第三章　又冷又湿的一天

　　"下雨了。"第二天早晨,塔克讪讪地说着。一个小时谁也不跟谁说话的时光,足以让一只老鼠抓狂,特别是一只良心不安的老鼠。从通往上方人行道的管道迷宫,他可以听到啪嗒啪嗒的微小声响。至少这是件可以聊聊的事。"亨利?"他几乎在恳求,"下雨了。"

　　"我听得到。"亨利继续以相同的姿势躺着,脚掌伸出来,眼睛眯成一条缝,他就这样从梦中醒来。

　　"你在想什么?"塔克哀怨地问道。

　　"我在想什么时候最适合把亨比带去白雾医院,送到活体解剖部门。"

　　"噢,亨利,别说了!"塔克叫道,好像在努力克制自己

不去陷入某个回忆，"我没那个意思。"

"是你自己说的。"

"但我不是说真的，亨利。我一夜都没合眼。我道歉，亨利，我真的很抱歉。我一刻都没睡，整夜呢！"塔克看起来楚楚可怜。

亨利坐起身来。"好吧，如果你能道歉，我想我们还有希望。"他们彼此看着，两颗心之间不再有壁障。但是亨利的尾巴不安地摆动着，"不过，我还是不晓得该怎么做。"

"喔，别担心我的东西。"塔克很有雅量地说，"昨晚我又找回了六十多美分，还有两个最好的纽扣。对了，还有那个皮带扣！"

"我早该知道。"亨利说，"整夜没睡……我还以为你真的感到抱歉——"

"我是很抱歉啦，亨利！但是为了打发时间，反正我也睡不着，而地铁站又几乎都空了——"塔克辩解道。

"好啦，好啦！你不要再一副崩溃的样子啦。我的意思是，我们要怎么处理——"他把头朝亨比的屋子示意了一下，那里还是没有传出什么哼哼唧唧的声音。亨利继续轻声说，不想把那个晚起的小家伙吵醒，"我还没能替他找到个地方。"

"地方？"塔克不明白。

"喂,耗子精,你以为这两个月我都在做什么？就这么整天在城里戏耍啊?我一直在替亨比找个家!"塔克一下子跌坐在地上,他完全没想到是这么回事。"一个长久的家!他不能永远住在这排水管里。猫和老鼠还可以,但是一天天长大的狗,怎么行?! 但我现在一个办法都没想出来。"

"我也没辙。一个长久的家。"塔克抖动着他的胡髭,思考着,"不晓得他会想住在哪里。"

"我们来问问他,"亨利说,"反正我们迟早还是得问的。"

他走到亨比的屋子旁,靠坐在他的后腿上,然后把前爪搭在了箱子边上,向里望了一眼。瞬间,他如雕像般一动不动,"塔克!"

塔克迅速地跳上了箱子的一角,然后,他也僵住了,两条腿在这边,另两条腿在那边,就这样一动不动了。"他不见了!"

"什么时候的事？"

"噢噢,亨利,都是我的错——"

"但会是什么时候？"

"昨天晚上——"

"他就已经跑掉了？"

"那时候我正在地铁站里满处追,到处找那些……"

"噢,亨比——"

"见鬼的小玩意儿,这——这——"

他们像是得了狂犬病般迫切地表达着,完全听不到对方在说些什么。

"都是我的错！"塔克瘫倒在地上,恨不得杀了自己,"他一定没睡，听到了我说到白雾医院，还说拿动物做实验——"

亨利最先回过神儿来,"够了，你给我停下来,塔克——"

"我还骂他是邪恶的小杂毛,哦！哦！哦！"塔克用他的爪子悲伤地捂住了眼睛,但自己昨晚的所作所为却已是既定事实。

"我说,停下来！立刻停止！你等会儿再内疚都来得及。现在我们两个都得好好儿想想！他会上哪儿去？会躲在哪里？我们必须去找他！"亨利冷静地分析着。

有十分钟之久，许多念头在他们的头脑中快速交替闪过，他们要努力判断亨比到底去了哪里。当然，多数时间是亨利在想，因为塔克还沉湎在他的内疚之中。地铁站最近的那个入口通往百老汇的东侧，他一定是往那边走了。他们两个都深信亨比已经离开了地铁站。

"他一定很怕我们在这里找到他，"塔克呜咽着，"怕我们把他带——"

"闭嘴！"亨利喝止他。

为了避开入口台阶上南来北往的人，他们选择快速穿过绕来绕去的水管，冲到了人行道上。灰色的冷雨，那种只要温度再低一点儿就会下雪的雨，正笼罩着纽约市。

"现在，往西看。"亨利自言自语着。那条狗应该会越过老的纽约时报大厦，看到第七和第八大道间拥挤的街区。电影院外面灯火闪烁明灭，车辆熙来攘往，尖锐的紧急煞车声，汽车喇叭声叽叽作响，还有扰攘、拥挤的人群。"那些很可能会吓到他。"

朝东这边，噪音较少、灯火较少、人也较少。在路灯的映照下，他甚至有可能瞥见一个街区以外布莱恩公园的树梢。"快走，往这边去！"亨利下了命令，然后他们伏下身子，

急急地跑过水流潺潺的街沟,往美洲大道而去。每经过一辆停泊的车子,他们都会停下来,仗着胆子尽量大声地叫唤:"亨比!亨比!"但是所得到的回应,不过是这冷漠城市的那些声响。

在风和日丽的日子里,布莱恩公园可真是个很美丽、很自然的地方,是水泥和钢筋围绕的城市中央一块青草与树木林立的三角地带,生机盎然。但是今天,光秃秃的枝头滴着雨水,让人感到好凄凉,没有安全感。公园里空荡荡的,除了露露以外。

"嗨,哥儿们!"她从树枝上俯身打着招呼。

"这下可好,"塔克跟亨利轻声说,"遇上了这只三八布谷鸟。"

"噢,露露还好啦。"亨利答道,然后他低声对塔克说,"事实上,她也许还能帮帮我们。"

鸽子露露绝对不是布谷鸟。但是照她自己口无遮拦的坦白说法,她的确是相当三八的一只鸟。她出身于相当显赫的鸽子家族,据说是最原始的亨瑞克·史蒂文森鸽子一脉。他们宣称,当年是抓着荷兰帆船的桁端来到纽约的,那时纽约还叫作新阿姆斯特丹。但是历经这么多年,史蒂文森鸽子和他们的后代的确都长得相貌堂堂了。你甚至可以说有点儿傲慢,他们拒绝在第十四街以南的地方露脸。每一个家庭里至少都会有那么一两只叛逆的鸟类。一年前,露露展翅飞离了上城史蒂文森家族私家的树,南下来到布莱恩公园居住。"更靠近活动的真正目标所在!"她解释道。她对每一个人称 "哥儿们""好家伙",不管对方是何种动物。事实上,她讲的都是最新的纽约俚语。才没几个月,她就已经把自己树立成时代广场地区讲话最具分量的人物之一。

"你们猫族今天出来干什么?"露露问道。她称大家"猫族",即使对方是只狗或老鼠。

亨利解释了他和塔克怎样收养了亨比,以及后来亨比又怎样跑掉了。"噢,那可不太妙!"露露咕咕地低语着,还保留着一点儿鸽子的腔调,"这可不是个分手的好日子。"露露摇着头,"我自己出来也只是为了觅到一两颗种子作为食物。"

"你可以帮我们找找他吗?"亨利问道。

"没问题,老哥。"露露从空中滑翔下来,落到了他们旁边,"乐于效力!"

计划很快就制订好了：塔克和亨利继续沿着第四十二街的南侧往下走，而露露夸耀地拍了拍翅膀，"我有翅膀！"所以可以更快地搜寻角落、裂缝和出入口，露露自己负责北侧。

"有必要的话，可以一路找到东河！"亨利说。

这主意很棒，他们全都同意了。不过，一切都是徒劳，没有人能找到亨比。四小时之后，他们窥探过了每一处小狗可能藏身的地方，又回到了布莱恩公园。他们全身湿透，直打寒战，忧心忡忡。

"很可惜，附近没有别的狗。"露露说，"他们也可以帮得上忙。"

"什么别的狗？"塔克问。

"公园附近有一群狗在流浪，有些还挺凶的。但是若遇上这样的天气，或者有警察在巡逻，他们就全藏进了城里各处的地下室。"

"没办法了，"亨利说，"只好再试试第七和第八大道之间的那块街区了。他可能会认为进了戏院，在黑暗里就安全了，而且也比较暖和。"

"还可以看场电影！"露露加上一句。

"我可不觉得他会想到关于电影的事！"亨利说,"来吧！"

这回他们交换了街道两侧负责的位置,但结果还是一样——什么也没找到。傍晚时,他们回到公园里。阴霾灰暗的一天已经垂暮,夜晚即将来临。但是雨势却更强,已经变成了冻雨。

"你一条狗也没看到？"亨利问道。

"连根毛也没有,"露露说,"但我倒是逮到机会看了后半部最棒的卡通片！主人公就住在这个隧道里,有辆大货车逼近了他——"

"露露！"塔克叫道,"你还有时间看电影！"

"嘿,耗子精,我就在戏院里,所以——"

"别叫我耗子精！只有亨利可以这样叫我。"

"他可以吗？打什么时候开始的？"

"他不可以！但如果有人可以那么叫的话,他也是唯一的一个！"

"拜托你们两个可不可以安静一下？"亨利说。他的牙齿冻得直打战。塔克也是。连露露尖尖的鸟嘴都在颤抖。

"现在我真得想一想。"亨利踱了几步,停了下来,"如

果我是亨比——"又踱上几步，再停下，"如果我是一条狗，住在排水管里，又只熟悉时代广场地铁站——"他的思路陡然间打开了，"对啦！一定是这样！野猫没有那么笨！跟我来！"

塔克有些气急败坏，露露竭力拍打着翅膀，他们一起跟着亨利狂奔到第四十二街，一路还闪躲着街上的人群。亨利喘着气解释道："地铁……不是亨比知道的……唯一地方！他一定还记得……我找着他的那个地方！"这时，塔克不小心被绊倒，跌进了一个小水坑里，他嘴里狠狠咒骂着。

过了第八大道……过了第九大道……他们终于到达了第十大道。"我来看看是不是还能找到那个阴暗、肮脏的小巷的位置——"

"我们是不是还该扇形散开？"露露问道。

"不用。我相信就……是……这儿！"亨利突然停了下来。那里有一条黑黑的小巷，看起来比夹在两栋建筑物之间、暮气逼人的黑夜更暗。透过冻雨，三个伙伴唯一能在街灯洒落的昏暗灯光里看见的东西，就是一个垃圾桶的轮廓。

"我们得进到那里面去？"露露问。

"你们哪里都不必去，"亨利回答，"但是我……"

"跟我来！"塔克鼓起一股非同寻常的勇气。这般勇气曾经只出现在追寻一件非常珍贵的宝物，像是一只高跟鞋或是皮带扣的时候。塔克飞越过他的朋友，不见了踪影。随后，亨利也拿出猫的看家本领，以迅雷不及掩耳的身手，跟了上去。

"好吧，好吧。"露露说，"事到如今，既然非去不可，那就去吧！"于是她也振翅飞进了黑暗里。但是在她几乎一头撞上一堵她无法看见的砖墙以后，就决定还是改用着陆走的方式了。

"亨比？亨比？亨比？"他们呼唤着。

他不在第一个垃圾桶后面，也不在第二个，第三个……他们一路摸索着走进那条漆黑的巷子里，周围完全伸手不见五指，他们连彼此都看不见。他们走到了巷子最深处，最后一道墙挡在了他们的面前。

"他不在这里。"塔克说。

"他一定在！"亨利十分肯定。

"我们快离开这里！"露露说，"我感觉有东西在那里，

像是肉食性老鼠之类的东西！"

"噢——"塔克叫起来。

"嘘！"亨利再次制止。

"什么？"塔克问。

"阿嚏！"就在这时，黑暗中传来一声喷嚏。

"是他！"亨利说。

塔克冲向那喷嚏，"我找到他了！他在这儿——"

"放手！放手！"有个声音低声喊着。

"别吓着他！"亨利警告着。

"再见了，哥儿们，"露露说，"我会在明亮的街上等你们。"

又哄、又骗，最后还是用扛的，塔克和亨利终于把亨比弄到了人行道边上。"噢，我真高兴我们找着了他！我真高兴我们找着了他！"塔克不停地欢呼着。

但亨比只是紧紧地缩在亨利身边。"好了，别怕。"亨利高兴地安慰着他，"我们回家。"

他们就这么打道回府了，不过是在见了露露之后。她摇着头，"可怜的湿淋淋的小杂毛。"

"别叫他杂毛！"塔克不乐意地说。

此刻,如果说亨利他们三个都算是湿透了,那么亨比就绝对是被大水席卷过。他就像一个浸满水的海绵,一路贴紧了亨利,回到时代广场地铁站。

"我们欢迎你在这里过一夜。"亨利邀请着露露。

"谢了,不用了。"露露说,"第二大道那边有个家伙开了一家古董店。他还不知道有扇后窗已经被打破了。在这样的天气里,我都会到那里去睡觉。不过这周稍晚我会再过来看看……"她瞄了塔克一眼,"这条小狗情况如何。"然后就飞进了冬夜里。

随后开始了一段疯狂擦干的时间。亨利和塔克用上了所有撕碎的报纸、纸巾和他们的爪子或脚掌拿得到的一切东西,竭力把亨比擦干了。他们又喂他吃东西,尽管只是一块干酪,但这是他们仅有的了。亨比感恩地吃了。然后,亨利拍松了枕头,让它又软又舒服,等待着它的小主人。

"等一下!"塔克说,"昨天晚上,我看到一样东西。"他一溜烟儿地跑进了地铁站,一秒钟后就拖着一片红格子衬衫布回来,"把他塞进这里面裹好。"

"你来把他塞进去!"亨利说,"塔克——搪客,你名字的意思不就是搪塞客吗?"

"挺冷的笑话,一点儿都不好笑。"塔克说。但他还是抓住了这个机会,一下子跳进了亨比的屋子里,开始发了疯似的塞他裹他,"好了,很快你就会又暖和又舒服啦!"他哄着亨比。

"谢谢你,塔咖。"亨比轻轻地说。

"亨利!"塔克冲着亨利笑开了。这时亨利正坐在他的后腿上,望着下面。

"我知道,我听到了。"他平静地说。

"塔咖鼠!"亨比说道,自己也笑了起来。

塔克跳出了硬纸箱,把脸悄悄转开。

一分钟过去了。

"好啦,塔克。"亨利说,"看到他回来,你很高兴吧?"

"我很高兴。"塔克说。

"你脸颊上是什么?"

"没什么。"塔克把它抹了去,"一点儿雨水吧!"

"我们都回家一小时了。"

"就是还留下点儿雨水啦!"

第四章　成长中的狗

"阿嚏！"

巷子里的那第一声喷嚏，不过是个开始。因着冻雨，因着寒冷，亨比病了。但是亨利和塔克都还以为就只是鼻塞流鼻涕而已。他们完全不晓得他病得不轻，一直到他们把他带回来后的几天，露露来访，他们才知道。

她飞越了车站，摇摇摆摆地走进了排水管，瞧了瞧箱子里瑟瑟发抖的亨比，便说道："这狗病了，你摸摸他的鼻子！"

"为什么要摸他的鼻子？"塔克理直气壮地问道。

"这样你就知道他是不是发烧了。鼻子愈热，温度愈高。"

"打从什么时候开始,你也成了兽医了,露露美女?"亨利问道。

"噢,我对狗懂得可多了。"露露说,"麦克斯——他就是布莱恩公园里聚集的那群狗的头头——他什么都教给我了。"

塔克跳进了亨比的屋子,然后说:"他的鼻子滚烫着呢!"

"那大概是肺炎。"露露咕咕地说着。

"谢谢你的金口,乌鸦嘴!"虽然这样,但塔克也开始担心起来。

第二天,他更担心了,因为亨比的鼻子变得更烫了。露露回来,带来了更乌鸦的讯息。"麦克斯说,你没什么办法。他说他生病的时候都会去吃一种特别的草,但现在是冬天,草都死了。"

"嗯,我认为还是有办法的。"亨利说,"我们给他保暖,给他很多东西吃吃喝喝,他一个星期就会好的。"

"但愿如此。"露露说,"回头见啰!"

一个星期后,亨比没有好转,而是变得更糟。亨利努力保持镇定,在他一副信心满满的微笑背后,其实是极度的忧虑。但总得有人保持镇定,因为塔克已经急疯了——这意思是,他比平常更加慌张。要是这条狗死于肺炎,那他的罪恶感就会伴随他的后半生。塔克在排水管里跑来跑去,每小时都去摸摸亨比的鼻子,就如亨利所说:"简直就像个歇斯底里的护士长。"亨利自己不时也会趁着塔克出去搜寻东西给亨比吃的时候,偷偷溜过去摸一下。

如果说在当护士这件事上,塔克做得未免过火,那么在食物这件事上，他却证明了他是个真英雄。就跟所有生病的人一样，亨比没什么胃口。而为了找来那些能让他更容易吃下去的好东西，塔克冒着丢掉四肢和尊严，甚至丧命的危险，四处打拼。他发现唯一永远受亨比欢迎的东西，就是还没融化的冰淇淋。冰淇淋融化而留下来的一点儿甜汁是不够的，亨比喜欢舔舐甜甜的实实在在的冰淇淋。护士塔克认为，这对发烧的人来说，是很自然的一件事。但是要在半夜午餐摊都关门了以后，把这放在纸杯子里的玩意儿一路推回排水管，可是一项大工程。还好，香草冰淇淋的盖子并不那么严实。

亨比要求草莓口味的那一天，亨利就猜他已经开始好转了。但直到一天早晨，塔克量了那天的第十次体温，亨利拜托他看在上天的分上别再量了以后，他才最终确定。那条狗快活地说："喔，没关系，亨利。塔克想捏我的鼻子，就让他捏。"几个星期过去，现在亨比终于发得出"利"的音了。

"小家伙，看来你真是好多了。"亨利满足地说，"我是想，你现在可能更需要一点儿新鲜的空气，而不是捏鼻子。"

"新鲜空气！"塔克尖叫着,"你要让他再得肺炎啊？"

"现在正好是融雪天,我想今晚我们可以上人行道,让你至少好好儿吸十口新鲜空气。好不好？"亨利亲昵地对亨比说。

"不行的,亨利！"

"就这么办。"一旦亨利认可了自己的意见,讨论就结束了。他可不要亨比成了体弱多病的慢性病人。正在好转的小病人,在吃了太多冰淇淋以后,就不免常常发生这种事。

所以,那一晚,在塔克竭力要把那片法兰绒衬衫用一条宝贵的线绳绑在亨比身上,却几试都不成以后,他们就出发去人行道了。

但刚走了两步之后,亨利和塔克的脚步就僵在了原地,他们面面相觑。这条狗根本无法通过开口处！

"亨利,他已经长大了——"塔克看着亨利。

"好爷！"亨比也无助地向亨利求救。

"别怕别怕！也别忘了该怎么发'利'的音。"亨利说,"你很努力才学会这个音的。我们来想办法把你弄出去。"

亨利和塔克两个都没留意到,这条狗已经长得太大了。"那些该死的冰淇淋!"亨利心里想,再加上汉堡和熏肠,以及塔克塞到他肚子里的其他东西,"我们只好走后面的那条路,先穿过那些水管。"

不过,这也不简单。后面那个通往排水管的洞确实比前面的大,亨比通过它是没有太多困难,但是才进去不远,水管就分岔了。塔克和亨利平常走的那条往街上去的路径太窄,亨比根本无法通过。于是,他们在该右转的时候却必须左转,然后在应该往上转的时候,却必须往下转。就这样走了半小时,变换了这么多不同的方向,结果连亨利都不知道他们到了哪儿,不过感觉上好像他们现在都该在布鲁克林了!

亨利在前面领路,如果在一片漆黑中摸索向前,走过不认识的水管也能叫作领路的话,亨比在他后面慢慢跟着向前,塔克殿后。

"我们休息一下。"亨利说着,便停了下来。在这片不辨东西南北的漆黑里,谁也没说话。突然,亨比开始啜泣。亨利转过身去,脚掌在空中摸了好一会儿,才终于找到了亨比的头,拍了拍他。"亨比,我保证会带你出去的。"

"不要,你不用这么做!我会越长越大,要不了多久,我

就根本动不了了,我会把自己挤死的!"

"我们继续走!"塔克焦急的声音从后面传来。

"你们两个留在这里,"亨利说,"我到前面探探情况。"

亨比没法转身,而塔克也没法从他旁边挤过去,所以他只能尽其所能地拍着亨比的屁股,跟他说不会有事的——这其实也是他很盼望,却也完全没把握的一件事。

他们两个都没听到亨利回来,他悄无声息地回到了他们身边。"接近终点的时候总是情况最糟。左边两条路一条向下,一条向上,然后右边有一条较长的平路,再过去我们就到街上了。你们一定猜不到我们会从哪里出去!"亨利将他打探到的情况告诉塔克。

"北达科他州!"塔克说。

他们出来的地方正是第四十二街与百老汇交会的街口——离地铁站入口正好一个街区远。这一夜真的好美,美得几乎足以弥补他们前面耗费的所有力气。他们找着了一个没人住的门口,就坐在那里。一月的融雪天,如同隆冬里的春天,脆弱又独特。空气清新,和风吹拂着他们的毛皮。高挂在天上的遥远明星,看起来比这座城市闪烁的灯火更加干净。亨比足足做了十下深呼吸。

但是就跟大多数受了惊吓的小狗一样,他始终不能安静下来。"我们要怎么办?"他问。

"我们要做的第一件事,就是不要担心,"亨利说,"但我们得好好儿谈谈。"

已经到了该讨论亨比未来的时候了,而且是让他本人也在现场,因为,毕竟那是他的未来。

亨利尽可能温柔地解释着,但亨比的头却垂到了胸口,无精打采。亨利说,猫和老鼠可以住在排水管里,但是……但是,一条成长中的狗却不能。这不是自己和塔克要不要他住在那里的问题,也不是他们是不是非常爱他的问题,而是这根本就不可能。狗需要能让他生活的空间,最好还有能供他嬉戏的地方。亨利说,他已经绞尽脑汁想了四个月,而他唯一能想到的就是,让亨比到康涅狄格州去。说着,他把目光移开,朝着第四十二街一路望下去。亨比却没有把垂望着人行道的目光抬起来。他们两个会在中央车站把他弄上晚班的快车。

"康涅狄格州在哪儿?"亨比问。

亨利描述了康涅狄格州,它在哪里,是个什么样子,并且开始狂热地诉说那里一处叫作大草原的美丽而又自然

的公园。"又叫'塔克的郊外',"塔克插嘴道,"而且是很有道理的喔!"

亨利还在滔滔不绝,他们还有这么一位朋友,蟋蟀柴斯特,他非常好心,很可能可以帮忙介绍亨比被一户人家收养,这样——

"我不要去康涅狄格!"这条狗打断了亨利的话。

"我不怪你。"塔克叹着气,"郊外是做客的好去处,但我也不想长期住在那里。"

"听起来那里好远,"亨比说,"恐怕你们也不会想去看我吧?"

塔克跳起来,试图抓住亨比的脖子,却跌回原处,只好就势搂搂他的前腿,"我们当然会想去看你啊!"

"关键是,"亨比说,"我喜欢纽约!"

"你说的是,"塔克说,"你生在纽约,你喜欢纽约,尽管这里乱糟糟,尽管你被人扔在第十大道的巷子里。亨利,这是一条有着纽约情结的纽约狗。我们必须就地解决这个问题,就别去麻烦柴斯特了吧!"

"那就来解决问题啊!"亨利有点儿不高兴。

"这个嘛——"在把胡子颤动足足十分钟之后,塔克只想得出一个权宜之计，直到他们能替亨比找到一个长久的家——前提是，如果亨利当晚可以带他们回到排水管去。

"噢，我行。我以前走过最疯狂的迷宫，都能再找到路回去。"亨利一口答应，而且要求亨比能一天不长大。"没问题！"亨比也满口许诺。于是塔克讲述了他那个主意。

他们都同意，这计划非成不可。

第二天晚上，计划就付诸行动了。时间很晚，几乎已是破晓时分，三只动物坐在第四十二街的一处门口。外面，冬季的融雪天仍在持续，但他们心里却有一种凄凉的寒冷。这一整天，在安排好诸事之后，塔克和亨利一直装作很自然的样子。他们精心搜罗来一顿特别可口的晚餐，还有没融化的冰淇淋当甜点。只是没有人会把这气氛称为欢乐，不管亨利和塔克怎样努力地谈天说地，亨比只是默默地舔着他的冰淇淋。现在他们三个也在默默地等待着。

露露振翅飞到了他们面前。"好啦，各位，"她说，"都搞定了，走吧！"

"我需要吸十下新鲜空气！"亨比焦虑地宣布。

亨利朝露露使了个眼色，说道："去吧，亨比。"

大家都假装没在意，可亨比深呼吸了远不止十下。

　　但是很快地，露露便开始烦躁起来，"我们该动身了。麦克斯说要在太阳升起之前见到他。麦克斯可不是你可以让他等的那种人。"

　　"来吧！"亨利用肩膀顶了顶这条狗，"别担心。"

　　"我不是担心！"亨比坚持着,声音却在哼哼唧唧的尾音里中断了。

　　"好吧,是我担心！"塔克自己嘀咕着。

　　露露说过,狗群住在布莱恩公园里,亨比就应该待在那里,而塔克的计划就来源于此。"只是暂时地,过一阵子……"一整天,他都在不断地跟亨比和亨利解释着。其实露露当初说的是,有一群狗在公园里混,但是塔克不大喜欢那个字眼,所以就把它省略了。那天下午他曾偷偷溜到公园里,把事情跟露露详细谈过。她觉得可以,但是她还得问过头儿麦克斯。当然,塔克也不大喜欢这个词。

　　他们在因冬季而喑了声的喷泉石盆旁等候着。没人知道到底是什么时候,一团黑色突然变成了狗的形状,悄无声息地潜到了他们后面。"就是他？"一个浑厚低沉的声音响起。

　　"老天,你吓死我了！"露露喳喳地叫着。其他几个也都跳了起来,转过身去。

"安静,小鸟。"

露露拍着翅膀,轻轻地说:"是,麦克斯,这就是亨比。"

"嗨,小子。"那声音里似乎带了那么点儿窃笑。

亨比的头垂得低低的,"哈啰。"他看不出自己有什么好笑的。

露露把塔克和亨利介绍给麦克斯。他是条灰色的狗,很结实,也比猫大得多。他的眼睛不像亨比的,圆圆的,藏在毛皮下面,它们会扬起来一点儿,也不完全是斜的,而是像在询问些什么,是怀疑的眼神。通常纽约的动物彼此都相处得不错,但是亨利很怀疑,要是他在街上觅食时遇上麦克斯,他恐怕会得到一阵咆哮,或许是狂吠,然后打上一架。不过,现在露露已经把事情都解释清楚了,麦克斯只是轻蔑地用目光扫过猫和老鼠,"都快天亮了,很快警察就会出来进行第一次巡逻了。"

"就这样?"塔克脱口而出,"你把他带走了?"

"当然啦,塔克宝贝。"麦克斯说,"就这样。不然,你还要我拿绳子给他看吗?"

塔克正想发号施令——麦克斯这个可以做,那个不可

以做——但是亨利以嘘声制止了他,只简单地说:"我们希望你帮忙照顾他,就几天的工夫,直到我们能替他找到一个长久的家。"

"哈,长久的家!"麦克斯耻笑道,"我听过这话。纽约的每一条杂种狗大概也都听过。"

一个晦暗的早晨开始了,东方浓云密布,慢慢地逼近这座城市。风已经变得更冷了。

"去吧,亨比。"亨利鼓励着,"跟麦克斯去。今天晚上我们就会回来,看看你是不是都好。"

"再见。"亨比说。

他们看着他不情愿地摇摇摆摆地走开,然后又跑了起来,才跟得上那条精瘦神秘的狗。

"我想我也该走了。"露露说。

"那就走吧!"塔克低声咕哝着。

亨利和塔克打道回府,朝时代广场走去。

为了打破死寂的沉默,亨利说:"我想天气要变了。"

"见他的鬼,天气!"塔克气冲冲地说,"你觉得麦克斯怎么样?"

"嗯,我觉得他看起来——我的意思是,他看起来——"

亨利迟疑着。

"他看起来好像爸爸是头狼,妈妈是头黄鼠狼!"塔克好像全然忘记了,这整件事原本都是他自己的主意。

等他们回到家——空空的家,看到亨比的屋子时,情况也没好转。

"我们不要扔了它。"亨利说。

"你说得没错儿,我们当然不能扔!"把它留在那里,是忠诚,是爱,是对亨比的誓言——尽管它已经没啥用处了。

一整个早上,塔克疯了似的重新整理他的财物。这就是他努力思考的方式。亨利的方式则是坐在排水管的开口处,看着——不是在守望——路过的熙来攘往的人群,就像是开着收音机当背景音乐,却没费神去听它。

中午,走下地铁阶梯的人身上都沾了白白的东西——外面下雪了。

"他又在那里了。"亨利说。

"谁?"塔克正抓着一个特别的宝贝——一个没打破的圣诞树饰品,是一个月前才搜救回来的。

"史麦德利先生。"亨利说。

"不知道他为什么经常来这里。"塔克无法决定到底该把这新近才得到的宝物重新安置到哪里去,"有时候他连报纸也不买,就只是在报摊旁边一站几个小时,跟白利尼大妈和老爹聊天。"

史麦德利先生就是继塔克之后最先发现蟋蟀柴斯特伟大禀赋的钢琴老师,就是他写给《纽约时报》的那封信让这只蟋蟀成了名。

塔克打定了主意:把这个装饰品摆放在高跟鞋上,那里看起来最顺眼。"他一定很孤独。"亨利说。

"孤独?"

"孤独!"

"哐当!"圣诞树饰品红色的碎片在排水管地板上满地闪烁。塔克根本不去管它们,他冲到朋友旁边,"我真笨!"

"我也真够笨的!原来就在这里,就在我们眼前——一直都在。"

他们注视着那个还一无所知的男人。殊不知,他的明天似乎已经悄然降临。

"他很孤独,他很孤独。"塔克用一种唱歌的腔调满足地注视着那个男人。他摩拳擦掌,"现在,你能想到谁可以去跟史麦德利先生做伴呢?甚至还能上几节钢琴课!"

第五章　雪中的布莱恩公园

　　在塔克和亨利看来,亨比的问题既然已经得到很好的解决,于是他们便把这天下午其余的时间都当成放假,用来休息、放松和自我恭贺了。当然啦,还有些细节有待解决,比如像是他们要怎样把亨比介绍给史麦德利先生认识,还有,他到底喜不喜欢狗,会不会愿意收养他……但是在这起初的纠结中,亨利和塔克都没有再为这些实际的琐事伤脑筋,反正今天也没机会采取任何行动了。史麦德利先生只待了不到十分钟,跟白利尼夫妇聊了聊,然后就消失在前往地铁轨道的台阶上了。这绝对是只能闲晃度过的一天,下雪天大多是这样;外面大风大雪的时候,正是享受室内舒适和温暖的好时光。

而且真的下雪了！动物们都知道这件事。因为高峰时间提前了一小时开始，大家都提早离开办公室，想要抢在下雪前回到家。到了六点钟，地铁站里几乎已经空无一人，而那些离群出现的少数人，也都成了喘着气、吞云吐雾的雪人。

但是谁在乎呢？亨利和塔克置身铺有干净报纸做地毯的排水管里，此时此刻所有烦恼都已一扫而光。在祥和的气氛中，唯一让塔克和亨利犯嘀咕的，就是亨比。在外面大风雪里的某处，他不知怎么样了。但是当晚他们就能知道了。

塔克抢救下来的那只表显示，时间已到了晚上十点钟，亨利说道："走吧，我们答应过他的。"

"还用你说！"塔克正色道。

他们两个都很期待这趟布莱恩公园之行，因为暴风雪天在室内待过之后，最愉快的事，就是直接进入雪野的怀抱。在大雪的覆盖下，纽约会显得罕见的干净。当然，这是指刚下过雪的时候；过不了几天，纽约的雪就会变成像黑泥一样脏兮兮的。另一个干净的时刻是在夏天，才下过一场倾盆大雨之后。但那也一样，维持不了多久。

亨利和塔克从管子里往上爬,但是到了他们经常出入的洞口,却遇上了一堵坚硬的白墙。

亨利用爪子挠了挠它的表面,"硬得跟水泥一样。"

这意味着以下两种状况:要不就是外面呼啸的狂风已经把雪堆到这般硬;要不就是雪下得太多,行人把它踩成了坚实的冰块。不管到底是哪种状况,都意味着无法在空无人烟的第四十二街上,在风刮出的雪堆里跳上跳下,嬉戏玩耍了。

事实上,他们根本去不成第四十二街了。在努力挖了几英尺通道以后,亨利的爪子都被毁了。"没用。"他说,"我没办法了,我们只好等明天了。"

"但是亨比……"

"很可能他和麦克斯也会在哪里找个洞窝着了。"亨利安慰着塔克。

但是第二天——星期五,暴风雪还是持续不歇。亨利和塔克试过了每一条他们认识的管道,包括到第四十一街的那条长路。但每回的结果都一样:出不去。

星期六早上,暴风雪终于结束了。地铁站里的人不再带着白色冰雪现身,但是现在他们的牙齿却在打着战。一道冷风尾随大雪而至,室外奇冷无比,又因为是周末,没有人去铲雪。整座城市仍然在冰封中,在太阳无用的照射下闪耀着,就像是着了魔法师的道,被他的冬季魔咒给困住了。

寒冷一点儿一点儿地、一路摸进了排水管。塔克虽然已经睡进了亨比的屋子,但还是在四层厚的报纸下瑟瑟发抖。

亨利把自己裹在那块红色法兰绒衬衫布里。"那两条狗最好是躲进洞里了!"亨利盼望着。

"露露怎么样了?她怎么不飞到我们这里来,也好把情况跟我们说一下?"

"她很可能在那间古董店里,此刻正埋身在一些发霉的软垫子下面。"

"那只三八布谷鸟。"塔克一边咕哝着,一边搓着耳朵,免得被冻伤。

好不容易熬到了星期一,"我受够了!"塔克吼叫着。带着一阵卷起的碎报纸旋风,他跳出了那个硬纸箱。"让我出去,亨利!我快被关疯了!"

"我自己也不觉得快乐得像中央公园里活蹦乱跳的六月小虫啊!"亨利说。

但是一直到星期二,这场酷寒魔咒才总算被打破了。冰冷的空气好像又流动起来,上面的街道传来了巨大的刮磨声,是前方加了除雪机的卡车正在做他们最后的工作。还有铁链的当啷声,那是最后一辆被雪覆盖的抛锚车正在被拖离路边。今晚,路边的排水沟就会被清除干净。下午的时候,更近的沙沙作响声让他们明白,人行道终于被铲干净了,他们的出入洞口可以通行无阻了。白利尼夫妇及时打开了他们的书报摊来迎接傍晚的高峰时刻。在亨利看来,最重要的是,史麦德利先生顺道停下来跟他们聊了聊这场大风雪,这简直就像是命中注定的。

"好啦,就是这样了。"亨利说道。

"就是什么样?"塔克问。

"今天晚上你去布莱恩公园。"

"我去?!"塔克愤愤不平地嚷道,"那,敢问你要——"

"我去跟踪史麦德利先生。"

"什么?什么?"塔克紧张地说,"我们得有个计划。"

"我就是在告诉你这个计划。"亨利说,"你去公园。我很有把握今天晚上亨比会在那里,他一定知道我们有多担心他。记得顺便替我跟他打声招呼,我要如影随形地跟踪史麦德利先生。我们必须找出那地方在哪里,对不对?"

"但是——但是——"塔克还想分辩。

"别再'但是但是'的了!"

"他说不定住在布朗克斯区呢!"

"那我就去布朗克斯区!他要走了。自己多当心,好好儿吃顿晚饭,耗子精。等到车少了再出去。还有,晚上别费神等门了。我有一种感觉,这可能会耗上很长的时间。"

亨利挑好了时间，很快消失在匆忙又杂乱无章的人流之间。

塔克在次日凌晨三点才完成他的旅程归来。准确地说，是三点零五分。他表上的数字会发光，在水管后方照出了漂亮的光辉。

家里空无一人。尽管亨利已经交代过，但塔克还是决定等门。过去三个小时的所见所闻，让塔克现在无法入睡。塔克在等门的时候，是真的在等。他踱着方步，他把东西重新摆设，他怒气冲冲地望向地铁站里。有些可怜人，对他们来说，等待要比工作更辛苦，而塔克就是其中之一。

等待中，他不时还会花点儿时间愤愤地说上几句。"血，"他嘟囔着，"小流氓！"他的脸扭曲出一副愤怒的怪模样，又吐出几个字："塔克贝比（意为塔克宝贝）！"接着又开始等待，只是显得比先前更加紧张。

等到那天下午，他已经精疲力竭，不得不躺下来了。但是没用，所有那些无用的活动仍一遍遍在他的脑子里重复闪现。

他非常专注，像一条拉紧的橡皮筋，躺在亨比屋子里的报纸上，所以连亨利溜了进来都不知道。

"我回来了!"亨利大喊一声。

"你可回来了!"

"谁先说?"

"你先。"

"好。"亨利说,"我差点儿在站台上跟丢了史麦德利先生,但后来我还是找到了他,跟了上去。"

"等一下,先听我把亨比发生的事讲完了你再说!"塔克非常迫不及待。

"好吧,"亨利叹了口气,"你先说。"

"嗯——"塔克的故事一涌而出,"我等到了午夜,就去到公园里,孤孤单单、形单影只、蹑手蹑脚地走过冰雪——"

"你省省这些咬文嚼字,直接讲重点吧!"

"孤孤单单、形单影只!"塔克瞪着他的朋友愤愤地说。他认为,让他等了一整天,总该让他照自己的方式来讲这件事吧!"结果你猜我在布莱恩公园找到了什么?一群狗在滑冰!你知道,公园背后就是纽约公共图书馆。风吹起的雪在它前面堆起了好大一个雪堆,白天太阳一照,雪融化了不少,雪水在晚上结了冰,于是所有的狗就在那里滑冰!你知道他们用什么滑吗?"塔克戏剧性地停了一停,"他们的

屁股！”

“我想他们是不会有平底雪橇的。”亨利平静地说。

塔克没理会亨利的挖苦，“所以我就大无畏地大步走上前去，心想他们大概会把我生吞活剥了，结果真的差一点儿被他们生吞活剥！就是那些无赖的杂种狗！很抱歉我用了这个字眼，但是他们确实如此。他们粗手粗脚地把我摆弄得好惨，一直到那个流氓头头儿，就是那个麦克斯！用他的屁股一路滑下来，跟他们说，‘别胡搞那只啮齿类动物了’，意思是指我——老鼠塔克！”

盛怒之下，塔克的舌头完全打结了。亨利耐心地听着，直到他口沫横飞地愈讲愈气。“我在那里的时候，他还叫我‘塔克贝比’！”

“雪上加霜，太伤人！”亨利轻声说，“但是亨比到底怎么样了？”

“喔，他也滑了下来，把我撞了个四脚朝天，他真的是这样。搞得露露——她就在一旁的树上，看我出糗笑得更大声了，‘呵！呵！呵！’你知道那只布谷鸟的笑法。”

“继续说！”亨利的耐性已经快被耗光了。

“好的，好的！亨比把我撞倒，我爬了起来，然后……哎哟,亨利,他长大了!好大啊!才不到一周,他已经长了两倍那么大。也难怪,原来他都在吃那样的东西。我爬起来以后,注意到的第一件事,除了他的体型以外,就是他嘴巴旁边胡子上沾着的脏东西。我问,'亨比,你嘴巴旁边沾着的是什么东西?'他舔了舔,说,'喔,不过是点儿血。'"

"血!"亨利大吃一惊。

"我也要这么跟自己说——血!但是我还没来得及把我的焦急叫出来,亨比就说了,'来啊,塔克贝比。'这里插上一句,现在他也这么叫我了,'塔克贝比'!他说,'来啊,塔克贝比!你也来滑一滑!'我还没来得及搞清楚发生了什么事,他就用牙齿叼住我的脖颈,把我拖到山一样高的雪堆顶上,放我坐下,再一把把我推下去。亨利,我必须得承认,嘻嘻嘻!"塔克发出小小的刺耳叫声,"真的很好玩儿!我滑了四次,差点儿把我那地方的毛都给磨掉了。哪天你也去试试——"

"我要把你好好儿揍一顿!"

"好啦!我分得出轻重,所以我只滑了四次,然后我就说,'亨比,不要再搞这些幼稚的把戏了。什么血啊?''肉铺子的!'他开心地宣布,然后就又去那个滑坡道溜了一趟。

你懂吗,亨利精?我们不必再浪费时间担心亨比了。我们在这排水管里鼻子都快被冻掉的时候,小亨比却在跟麦克斯和那帮狗狂欢作乐呢!我,塔克,在此正式告诉你:亨利,那个麦克斯可比你更熟悉这座城市!他们是在麦迪逊大道上一栋办公大楼暖烘烘的地下室里度过这场暴风雪的。因为哪些大楼里有昏昏欲睡的夜间警卫不时会忘记把门锁上,或是有守卫很害怕咆哮的狗,麦克斯全都知道——"

"亨比也会咆哮?"亨利打断了他。

"他学得可快了!"塔克说,"他表演了一次咆哮给我看,可像回事了!再过上几周,他就能把号叫、狂吠……所有那些可爱狗狗会玩的把戏,全都加进他的戏码了。"

"我不喜欢这样。"亨利摇着头。

"接下来的事你会更不喜欢呢!你听好了,暴风雪过去了,麦克斯领着大伙儿到上东城。就在莱克星顿大道上,有一家特别贵的肉铺,那里有一扇很容易打破的后窗!麦克斯是个破坏专家,他擅长破门而入,任何窗户、门和其他破东西都不在话下。要是没什么东西可破坏,他们还有一个名叫路易的带点儿圣伯纳血统的大家伙,不过,他的脑袋很小。他的专才是从后面举起他的后腿,压下门的把手,直

接进屋。当然,是在麦克斯的指点下。反正,有两整天的工夫,这些狗就在那里大吃特吃那些高级绞肉、羊排和上等烤肋排。"想到这些,塔克也不禁舔了舔自己的嘴巴,"不管这些肉有多好吃,这些行为就是你所说的偷窃。尽管他们只是把这些宝贝放进自己的肚子里。"

"你自己也会从午餐摊上摸东西,这是大家都知道的。"

塔克瞪着亨利,"你什么时候拒绝过——"

"好啦,别提了。"亨利不耐烦地轻弹着围着他前腿的尾巴,"说完啦?"

"没完。到我快结束这次造访群狗镇之行时,才实现我去的目的。我设法把亨比拖到一旁,私下跟他谈。我告诉他,我们已经替他找到了一个地方。"

"你告诉他是哪里了吗?"亨利打断他。

"我还不知道在哪里啊!那是你决定的事。干吗?"

"等下你就明白了。继续说。"

"我跟他说,我们已经帮他找到一个家。他却说,吃了这些好吃的生肉,又滑雪玩得这么开心,他根本不想跟这帮狗分开!这就是他用的词——跟这帮狗分开。"

"好了,我懂了。"

"我的经历就是这样。"塔克做出结论，"我们一定得赶快行动了！现在来说说你的情况怎么样？"

　　"坐下来。"亨利说，"你会大吃一惊的。"

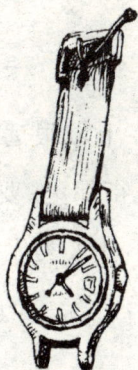

第六章　凯瑟琳小姐

　　"史麦德利先生住在上城很远的地方，"亨利说了起来，"在上西城，第六十几街那里。要跟上他不是很难。我藏在地铁的车厢连接处，不让人类发现，但是从那里我还是能看得见他什么时候下车。第一个问题发生在我们抵达公寓的时候。"

　　"是在贫民窟里？"塔克猜着。

　　"正好相反。在很好的一条街上的一座大大的老房子里，史麦德利先生的公寓还是那个街区里最好的一栋。"

　　"不准养宠物？"塔克又猜了。

　　亨利摇了摇头，"有个男人就在史麦德利先生前面牵着一条阿富汗猎犬走进去。"

"他们个子可大了！"塔克得意得咯咯笑着，非常开心，"我猜会比亨比还大！那还会有什么问题呢？"

"问题出在我身上。上狗链的阿富汗猎犬没问题；流浪的野猫，不行。看门的嘘嘘几声，就把我赶走了。"

"势利眼！"

"我坐在街对面，看着史麦德利先生走进了大厅，然后进了电梯，门关上，他就不见了。我想，就在那栋建筑的某处，可能就有可供亨比安身的地方。但是它至少有二十层。我要怎么做呢？"

"用爪子抓伤看门的，趁他慌乱的时候，你看一下信箱上史麦德利先生公寓的号码，然后找到防火梯——"塔克马上插嘴道。

"我保证不再用一个疑问句，如果你也能保证闭嘴的话。"亨利说。

"好吧！"塔克有点儿不高兴，他还是挺喜欢自己的计划的，"你到底是怎么做的呢？"

"对一只整日在巷子里来来去去的野猫来说，最合适的地方还是巷子。所以我偷偷穿过了这栋建筑旁的巷子，在它后面找着了我需要的东西：防火梯。"

"干得好！"塔克热烈地爆发出一声喝彩，"那个麦克斯以为他把这座城市里里外外都摸得一清二楚，但他可敌不过亨利！去吧，伙计！"

"我是去了。"亨利说，"先跳上一个垃圾桶的顶盖，再纵身一跃，一直跳到防火梯最底下的一级，然后漫长的旅程开始了。我是不在乎防火梯——对猫来说，它们还是挺好玩儿的。但是史麦德利先生到底住在哪里呢？我又怎么进得去呢？防火梯是在每层楼的走廊上，而进入走廊的窗户不但关着，而且还上了锁。"

"然后呢？怎么办？"塔克追问道。

"我得靠运气，"亨利继续说道，"猫真的是有点儿运气的。"

"也该匀一点儿给我。"塔克咕哝着。

"我在出去觅食、从事这类冒险时，都发现我肯定会有不少好运气。这次也不例外！到了第十七层，我还蹑手蹑脚地蹭着这些金属梯子往上走，这时我听到了弹钢琴的声音！不过，这还不算运气。任何人都有可能听到弹钢琴的声音。幸运的是，进入门厅的窗户破了！有一块玻璃完全没了。我跳了进去，一路聆听着摸到了 G 座公寓，声音就是从那里传出来的。当然啦，那栋公寓里可能也会有其他人拥有钢琴，但是这一架肯定是史麦德利先生的！我听出他正在弹的这支曲子，就是蟋蟀柴斯特在报摊上开他的演奏会时所演奏的那一曲，而且它听起来就像史麦德利先生弹的——有点儿过分的讲究和紧张，但是很好听。所以接下来的问题就是该怎么进去了。"

"还是靠运气？"

"没运气了，只有挫折。我在走廊上坐了一小时，一直想着该怎么办。我正决定开始装可怜喵喵叫，假装断了一条腿，那样他就会打开门看看是怎么回事，钢琴声停止了。我听到他说，'啊，美啊！好棒的一首曲子！'"

"太好了！"塔克笑道，"这家伙还跟自己讲话。他一定是真的孤独。"

"自制点儿！"亨利警告道，"'美啊，美啊。'他说。我听到他从一个房间走到另一个，还有碟子碰撞的叮当声——他正在厨房做晚饭。这时，冰箱门开了。'喔，糟糕！'他说，'没有牛奶了。好吧，我们得买些牛奶才行。'接着是一阵窸窸窣窣的声音，就在门里面——他在穿外套。当时我马上知道该怎么做了。我趴在地板上，就在墙的斜对角，一等公寓门打开，我就一溜烟儿地跑了进去，在他还没来得及低头看之前。"

"哇！"塔克叫道，"你自个儿在史麦德利先生的公寓里！套句麦克斯的话，这可是踩道儿的大好机会。里面是个什么样子？"

"漂亮得很，是比较复古的那种。他留着走道的灯，凭着那点儿光，加上我的特殊视力，我把所有东西都看了个仔细。我马上就看出来，史麦德利先生一定系出名门。这地方每一样简单的家具几乎都是古董，而且还是上好的古董！我在这个城市的很多古董店里觅过食，所以是识货的。在史麦德利先生的公寓里，这种好东西太多了！"

"但是有几间房呢？"塔克打岔。

"嗯——"亨利用他的脚掌数了一下，"厨房，餐厅，客厅，音乐室，史麦德利先生的卧房——里面有好大的一张黄铜床，还有客房，还有后面的那些房间。至少有八九间，我想。"

"八九间！"塔克高兴得搓着两只前爪，"那表示亨比可以有一间完全属于他自己的房间。我们或许也能弄上一间小小的夏日别馆。"

"最有趣的是那间音乐室。那里有一架大钢琴，一架平台式钢琴，还有一架比较小巧可爱的钢琴。我猜想，为了教学，他有时候大概会跟他的学生一起弹奏。房间的墙上都是书架，上面满是有关音乐的书和歌剧剧本，还有唱片。整个公寓里唯一的一样新东西，是一套漂亮的高保真音响。但即使是有——"

"即使是有什么？"塔克听得出来亨利声音的改变，这是猫停下来思考时的表现。

"我想说，即使是有这套音响，整个公寓还是摆脱不了一种老旧的味道。我的意思不是老，其实我喜欢古旧的东西。准确地说，是过时。空气里有种病态的甜味。客厅里尤其严重，那里没有灰尘或脏东西，每样东西都很干净，但是你会知道沙发已经多年没动过了。还有壁炉台上的玻璃烛台，它们一定打从史麦德利先生的母亲离开后，就一直留在原位没动过。"

"新鲜空气！"塔克做出判断，"那就是史麦德利先生需要的。还有，新生活。"他戳了戳他朋友的肋骨，"那正是我们可以提供的，呃，亨利？"

"新生活。"亨利沉思着，"我在四处打量那间拥挤的客

厅时，想的也大概是这个意思。然后我就听到了那个声音。"

"什么声音？"

"说话的声音。"亨利停顿下来——不是想戏弄谁，而是在重温那段毛骨悚然的记忆。

"亨利，你不想让我抓狂的话，拜托你就快点儿说吧！"塔克恳求着。

"有说话的声音。"亨利甩了甩头，让自己回到现实，"从我上面的某处传来。有个声音说，'好了，先生。现在你什么都看过了，敢问你到底想偷什么呢？'"

"有鬼啊！"塔克惊叫道，"这公寓真是见了鬼啦！"

"是见鬼没错儿。不过，不是你想的那种鬼。我抬起头，循声而望，靠着墙边，有一张精致的大书桌，上面还有一个镶着玻璃门的书橱。就在书橱最高层的架子上，满都是瓷质的动物，有鸟，有猴子，有苏格兰牧羊犬，还有一个实物大小的瓷暹罗猫。可是她竟然不是瓷做的！我借着走道那边漏过来的一点儿昏暗灯光，看到那只猫的眼睛正在慢慢地开开合合。"

"哇,我的天——"塔克一声惊呼。

"没错儿,我的天,耗子精! 史麦德利先生已经有了一只宠物,她的名字叫作凯瑟琳小姐。他是在跟她说话,并不是自言自语,而且空气里飘着的那股淡淡的甜味,也是从她身上发出来的。史麦德利先生不时会给她洒上几滴香水。"

"香水!"塔克惊讶得张口结舌。

"她跳到书桌上,再跳下地板,正好跳到我旁边。然后她用一种激怒的口气,重复地问,'怎么样? 如果这里的东西还不能让小偷满意,餐厅里还有银器可拿!'"

"亨利,我不是要打岔,但是你不会正好拿了那么一只汤匙——"

"我没有拿汤匙!"亨利气愤地说,"或是什么别的东西。因为那时候我的心思不在为你收集物品上!"

"太可惜了。不过,没关系啦!"

"我跟她保证,我不是什么贼。她当然就质问我,我在那里做什么。我就跟她说了。"

"实话?"

"完全是实话,而且没让人听起来难以置信。迟早事情

还是全得曝光。我把有关亨比的事全告诉了她——怎么找着他,怎么弄丢了他,怎么再把他找了回来,他长得太快……所有相关的事。结束时我表明,史麦德利先生是我们唯一的希望。"

"你也跟她提到我了?"塔克问,"那她怎么说?"

"她说'哼',一副嗤之以鼻的样子。"

"喔,那我也'哼'她!"塔克一脸的不屑。

"在我讲到希望亨比住到那里去的时候,她做出一副好像我疯了似的样子看着我。'什么?'她说,完全吓呆了。'一条狗?住在这里?跟我和何瑞西?这怎么成!'她所说的何瑞西就是史麦德利先生。她还准备继续说下去,但就在那时何瑞西拿着牛奶回来了。凯瑟琳小姐说,我要是还想'讨论这个荒诞的主意',我就该在他们吃晚餐的时候,藏到音乐室里。史麦德利先生会很早上床休息。等他果真上了床,她和我继续讨论这个荒诞主意的时候,我才知道她已经十三岁了。"

"对猫来讲很老了,对不对?"塔克问道。

"相当老了。"亨利承认,"但是她很有胆量。如果我真是个贼的话,能把她打个半死。"他顿了顿,"从另一方面想,如果真打起来,说不定她也会打赢我。总之,她十三岁了,她是史麦德利先生母亲的猫,她喜欢不时来上几滴香水,但是她也喜欢外出走走,即使是冬天的下午。这很少见,因为暹罗猫都讨厌寒冷。史麦德利先生会带她到河滨公园。这些都是晚饭后我知道的。在晚餐期间,我发现了一件更重要的事。并不是史麦德利先生在掌控他自己的公寓,而是凯瑟琳小姐!她让这家伙对她言听计从。你会听到

他说,凯瑟琳小姐想不想——"

"等一下,"塔克说,"她叫他何瑞西,他却叫她凯瑟琳小姐?"

"她就是有这种本事的猫。"亨利说,"但是有时候,在一阵爱意涌上来时,他也会叫她小咪咪。"

"小咪咪?!"

"'小咪咪想不想再来一点儿好吃的厚牛排啊?小咪咪还想不想多来一点儿牛奶啊?'"

"呕!"塔克做出一副恶心的表情,"快吐了!那家伙还真需要一条狗。"

"管你吐不吐,反正事实就是如此。"

"事实已经说得够多了!亨比什么时候可以搬过去住?"塔克坚决不想再听下去。

"你疯了,是不是?"亨利叫道,"我说的话你一个字都没听到,是不是?她根本不肯听这件事!昨天一整晚我都在甜言蜜语地哄骗她,今天史麦德利先生和一些没什么天分的小男孩在敲打那些钢琴的时候,我又哄了她一整天!搞了这么久,我得到的不过是允许我回去再谈,继续讨论这件荒诞的事!一小时前她带我走后门回'我的公寓'。那门没有完全关紧，我们两个就设法把它弄开。'这是用人的出入口，'她是这样解释的，'将来请走这道门。相信你会在地下室里找到一扇半开的窗户。日安。'"

"她就是这样说再见的？"

"她就是这样不说再见的。"

塔克沉默地坐了一分钟，除了偶尔会发出一点儿咆哮声。不过，就他的情况来说，说是压低声音的吱吱叫声还比较恰当。"哼，反正我也不见得真的想让亨比住在那里！"

"你有更好的主意？"

塔克没有。"这下可好了！"他说，"这真是太好了！这边我们有麦克斯，还有他那一群四条腿的狐朋狗友；另一边，是两个老处女——何瑞西·史麦德利和凯瑟琳猫。"

"是凯瑟琳小姐。"亨利温柔地纠正他。

第七章 艰难的讨论

几周以后,塔克怒气冲冲、怒火中烧,简直该被当成疯子捆起来——这些日子以来,这种情况时有发生。他独自——现在他几乎都是自个儿在家了——坐在空无一人的排水管里,努力用胶带把一朵纸花修补好。花和胶带都是当天下午从一个泛滥的垃圾桶里抢救下来的贵重物品。

"真是丢死人了。"塔克喃喃自语着。除了这种修补纸花之类的怪习惯以外,现在他还有其他许多怪习惯,自言自语也是其中之一。如今,看起来,似乎也没别人可以说话了。"丢脸!真是丢脸!"胶带粘到了他胸前的毛皮上。"这是我这辈子最凄惨的时期。"他恨恨地拉扯胶带,一些毛也跟着一起被拉了下来。

塔克这辈子最凄惨的时期,始于亨利结识凯瑟琳小姐的那一天。

第二天早晨亨利起床比较晚,等他醒来,吃了点儿东西以后,他决定要去拜访凯瑟琳小姐,马上接受她的邀请,开始行动。"打铁趁热。"他说。

"那就去打吧。"塔克说。

但是就在他要出门的时候,亨利看见了一样东西。"那是什么?"

"那个啊,"塔克骄傲地宣布,"是一条小心卷起来的粉红丝带。今天早上我从罗夫特糖果店里抢救下来的。店员小姐在包装一个礼盒,然后——"

"我拿走了。"亨利说。

"什么?"

"去拜访人家的时候,总该带点儿礼物。"

"好啊,去找你自己的礼物!"塔克说,"她是你的朋友。"

"没时间了。"他一巴掌抢过了这卷捆得很漂亮的丝带,"何况,我有一种感觉,她会喜欢这东西。"然后他想到了更好的做法——把这卷丝带放进了嘴里。这样他就可以

小心地带着它,而不至于弄脏了。没等塔克来得及埋怨,他已经跑得不见了踪影。

那天晚上他回来的时候,塔克正哀怨地坐在原来摆放漂亮粉红丝带的地方。亨利愉快地说:"我猜得没错儿,她喜欢它。"

"她干吗不喜欢?"塔克喝问,"我希望你能明白,像那样宝贵的东西可不是树上长的。怪不得她会以为你是贼。"

亨利没理会这番夸大的言辞和挖苦,这可是塔克不高兴的确凿信号,继续说道:"她有一只嫁妆箱。"

"什么是嫁妆箱?"

"这是一种老式的习惯。"亨利微笑着,"很不错的。单身的女士——无论猫、狗还是人,会把她们喜欢的东西收藏在那里,然后她们盼望着。"

"她们盼望什么?"

"你说她们会盼望什么?"

"对凯瑟琳小姐这种丑八怪老太婆来说——"

"她不是丑八怪老太婆!她是只中年的猫。"

"都太晚啦。"塔克说完了。

"我不在乎。"亨利说。那抹微笑若隐若现。

"我觉得很好。凯瑟琳小姐的嫁妆箱是史麦德利先生母亲的缝纫篮。她就把丝带放在那里,跟她其他最喜欢的东西放在一起。我们一起分享一杯牛奶的时候,她如数家珍地把它们一一讲给我听了。"

正当塔克嫉妒地咕哝着的时候——当然,他只是嫉妒那杯牛奶,因为他自己也很想啜上好几口,亨利又有了一些好主意,不过他很有智慧地决定还是先不说的好。第一,他们都具有收集东西的热情,凯瑟琳小姐和塔克十分像。第二,他们也有相似的品位,都喜欢扣子、珠子和亮亮的诸如此类的东西,只是有时候塔克也会着迷于高跟鞋之类的疯狂玩意儿。第三个想法就是……

"现在,关于这颗珠子……"第二天早晨亨利说道。

"我最喜欢的这颗绿色珠子又怎么了?"塔克一把抢回了他的珠宝。它其实是玻璃做的,但即使是真的绿宝石也不会比它更珍贵了。

"嗯,我只是想——"

"我知道你在想什么!你知道我怎么想吗?她想要的话,让她自己出去搜寻!我是不会把我收集的宝贝都捐献给一个老处女的嫁妆箱的!"

"好吧。"亨利叹了口气，把头转开。他的眼睛里浮现出一种悲伤、疏远的神情，"不晓得亨比学会了撬锁没有。"

很沉重的一分钟过去了。"把珠子拿去。"塔克绝望地说。可怕的挫败感压倒了他。最糟糕的是，他觉得他的不幸才刚刚开始。

他想得没错儿。亨利的索求从丝带开始，继续到珠子，直到他还要求一枚十美分硬币时才紧急煞车。"不行！"塔克大叫，"没有零钱给她！死都不行！"亨利放弃了，因为他知道塔克的底线。但是他仍继续要求，对，必须要塔克的一些最上选的财物时，不惜低声下气地求取。

在绝望中，塔克趁着亨利外出，洗劫了时代广场地铁站里所有的垃圾桶。他发现，大多时候他都可以搜索到让人相当满意的替代品来取代他无价的废物。这些宝物包括一副还剩一片镜片的眼镜，还有笔芯在里面的自动铅笔——放弃它几乎让他心碎。而在这个特别的午后，则是一朵被撕破了又精心修补好的纸花。

"喂！"他对着花生气地说，"我希望她注意到胶带下粘着的毛。"

排水管开口处传来一阵翅膀收起的嘶嘶声，鸽子露露摇摇摆摆地走了进来。"噢,塔克,好漂亮啊!"她说,"是给谁的?"

"上西城的女王!"塔克厉声说道,"你别假装不知道!"

"呵呵呵!"露露装模作样地笑着。

"拜托,露露,你不该把快乐建立在别人的痛苦之上。"塔克哀求道。

塔克最近太孤单,已经养成了向露露倾诉抱怨的习惯,特别是他自己的苦难。虽然她难以称得上是他心目中那种真心密友,但是值此紧急时刻,他发现,有她也算差强人意。任何有同情心的耳朵,都是一种帮助。

"亨利又去献殷勤了?"她问道。

"他不是献殷勤!"塔克坚定地宣布,"我已经一再告诉过你,他是在那里哄骗凯瑟琳小姐,要她答应让亨比住在史麦德利先生的公寓里。"

塔克会这么频繁地看到露露是因为他最近的职责压力很大,没有时间每晚都去布莱恩公园,所以露露就来他这里,带来有关那条狗的快报。不过,快报的消息大多不好,不好到塔克开始认为他这个朋友恐怕是只不祥之鸟,而且是一只不祥的三八布谷鸟。

"对了,顺便问问,亨比怎么样了?"他问道,"你有没有告诉他要洗个澡,就像我说的那样。但是要待在暖和的地方直到毛干了,免得他又着——"

"我都跟他说了。"

"他照做了吗?"

"没有。他说,'呸!'然后就跟他们那一伙走了。"

塔克摇着头。"他一定是一团糟了。"

"他可漂亮了!"露露说,"完全是煤灰的颜色。他完全融入了城市雪景里,警察永远也抓不到他了!"

"露露,谢谢你带来的这些令人愉快的消息,不过如果你赶时间——""我不赶时间。何况,我还想跟……嗨,他来了!嗨,亨利!"露露冲刚进门的亨利打着招呼。

"嗨,露露。"亨利溜进了排水管里,像平常一样先把他自己舐舐干净。冬季里,往返上城的这条路很脏,而且就跟住在纽约的人一样,这里的猫如果不特别注意保持干净,就得变成流浪汉。

"把戏玩得怎么样了,老兄?"露露问。

"别那么热情,露露。刚才有些在地铁车上涂鸦的小孩儿,以为把漆喷在我身上会更有趣。在我拼命躲避他们的时候,一位穿靴子的女士一脚踩在我的尾巴上。不过,也不是她的错,她根本没看到我。"亨利说。

"说够你尾巴的事了吧?尾巴会长好的。凯瑟琳小姐喜欢我昨天送上的那两根塑料牙签吗?"塔克不咸不淡地问道。

"不是很喜欢。这就是我们要来谈的事情,所有那些杂七杂八的东西。凯瑟琳小姐看到牙签的时候,就只顾一个劲儿地笑着说,'嘿,我说,亨利啊——'"

"她打什么时候开始叫你亨利的?"

"噢,她直呼我的名字已经好几天了。"

"多叫人高兴啊,"塔克点点头,"再过上一两年,说不定她就叫你小咪咪啰!"

"你有毛病啊?"亨利从他朋友的语调里听出了险恶的尖酸刻薄。

"我才没毛病呢!我来告诉你我怎么了!我病了,亨利,我厌倦了成天上天下海、磨光爪子地搜寻,就为了一只娇生惯养的——"

"喂,等一下,塔克——"亨利想制止他。

"一只娇生惯养的家猫!说起磨光了的爪子,还有我扯

掉了的毛——"塔克丝毫没有停下来的意思。

"我们说过你扯掉的毛的事吗?"亨利不耐烦地说。他的毛开始竖起来,还有摩擦出的静电的噼啪声响起。

"是的!"塔克叫道,"这是明天要带给小咪咪的礼物!"他把那朵修补好的花直直地甩到了亨利脸上。

"那朵花?"

"那朵花!那朵花有什么不对吗?"

"小贼鼠是不会把它拖回家去的。"

"你是骂我小贼鼠吗?"

"呵呵呵!"露露不算是只坏鸟,但她有一种恶作剧的幽默感,而且一点儿也不觉得在朋友们吵架时作壁上观,趁机大笑几声有何不妥。

"我不是说你是小贼鼠,"亨利从牙缝间发出扑哧的声音,"我只是说这个礼物太可笑。"

"可笑!"这就像是拔了塔克自尊的胡子,"我可不给人当笑话!"他狂怒地把花撕得粉碎。"我受够了,亨利!我已经忍无可忍了!"他把爪子放到下巴下面,或许不是很高,但对一只愤慨的老鼠来说,这已经是极限了。"你怎么不干脆搬去跟凯瑟琳小姐一起住算了?! 只管跳进她的嫁妆箱里!她可以把你留在那里,跟其他废物放在一起!反正你也不喜欢这个小贼鼠的家。"他把碎纸屑团成了一团。"你上那儿去的时候,把这个一并拿去给凯瑟琳小姐,带上我的爱!"说完把纸团直直地丢到亨利脸上。

"好了,够了!"亨利四爪着地,全身发抖,威胁地一步步靠近塔克。一时间,他们简直就像两个天生的死对头——猫和鼠——气氛紧张到马上就要血溅当场了。

"好啦,兄弟们,分开!"露露在他们中间摇摇摆摆地走着,把她的翅膀张开,"够了够了。谁想得到竟有人在全纽约最快乐的排水管里爆发呢?亨利和塔克——"她责备地用舌头发出"啧啧啧"的声音。

亨利和塔克把脸转离对方。在你觉得羞愧难当时,四目交会是很痛苦的。

"现在来握握手,"露露下令,"或是握握脚掌,握握爪子。握握任何东西都可以!"

他们握了握手。

"是我神经紧张做的怪。"塔克解释着,"我很担心,亨比的事。"

"是我的尾巴疼痛难忍的关系。"亨利解释着。

"你要点儿冰吗？我可以去午餐摊那边拿点儿冰来。"

"不用了，谢谢。不碍事的。"

能够在生气又丢了脸之后，重新做朋友，是一种开始很难、最终却特别轻松快乐的事。

"这样吵架真是很蠢。"亨利说，"尤其是今天，我有好消息。"

塔克的盼望之情脱口而出，"她愿意接纳他了吗？"

"她同意见个面。"

"见面——"

"目前，就这样。"

塔克燃起的希望的火焰又熄灭了。

"那，我们在哪里见面？"露露问。

"我们？"亨利说。

"我们？"塔克说。

"当然啦！"露露咕咕地说，"你们不会认为我会错过这场好戏吧？呵呵呵！"

第八章 欢 庆

"我真荒谬。"塔克绝望地叹了口气,他在排水管的厨房角落里辛勤地工作着,此刻正停下来休息。"我行为荒谬,感觉可笑。"他瞥了一眼靠在墙边的一片已经被打破了的镜子。"我看起来可笑——我很可笑!"虽然并不能带给他什么安慰,但他还是"啪"地扔了一小片火腿到自己的嘴里。在饭前偷吃上一小口美食,是厨师的特权,塔克也觉得这是自己应有的待遇。

他和亨利两天前发生的那场几近动武的争执,其实是件好事,因为如果他们没发生那件事,那么塔克一定也会毁了今天这个夜晚。当亨利说凯瑟琳小姐同意见个面的时候,他没有马上透露的是:她还用一种任性的口气加上了一句，她"当然是不会容许这动物去何瑞西的公寓里的"。她会自己去布莱恩公园。而且亨利也没有立刻告诉塔克，他是准备等到他认为塔克承受得起的时候再告诉他，自己因为凯瑟琳小姐如此恩准而大受感动，所以他还邀请她在去公园的路上，顺道过来吃点儿东西。为此，塔克才会认命，承认自己可笑。因为他必须承认，竟然有一只老鼠为两只猫准备晚餐，还加上一只疯疯癫癫的鸟也来掺和，这实在是一件滑稽的事！

露露是第一位抵达的客人，"嗨，老哥！"

"嗨，露露。"塔克一脸阴沉地嚼着他的火腿。

"亨利去接贵宾啦？"

"不是去'接'，露露。"塔克优雅地举起了一只爪子，"他是去'护卫'她屈尊驾临寒舍。"

"妙啊！"露露说，"我明白了，等会儿就会有人要被痛宰了。"

"我有一种感觉，我会是那个被痛宰的家伙。"塔克说。

"喔，好家伙，面包屑！"露露摇摇摆摆地走向一堆新鲜柔软的面包屑，这是当晚稍早些时候塔克才为她堆起来的，"还有葡萄干面包屑！哇！你真是有派头啊！"

"把你的鸟嘴从那堆面包屑旁挪开,露露!在大家都到齐之前,谁都不准吃。"

"你就在吃——"露露辩驳道。

"我需要它。"塔克吞下了口中的食物,"而且那是在女王进来之前的最后一口。"

就跟大多数的好主人一样,塔克在餐会开始以前,一直无法放松心情。他在那块自己选为餐桌的地板区里坐立不安,来回走动着,不时要把那些撕破了却还干净的餐巾摆摆好,又一再查看每只动物专用的纸杯都确实摆对了位置,搞得他自己和露露都紧张兮兮的。就在她准备开口叫他冷静下来的时候,一阵毛皮摩擦水管的窸窣声中,两只猫出现了。

"凯瑟琳小姐,"亨利开始介绍,"这位是塔克,老鼠塔克,我的朋友。这位是露露,鸽子露露,可以说是我们家的好朋友。哈哈。"亨利自己显然也相当紧张,他的笑声都是断断续续的,因为他很清楚,一切就看今天晚上了。

"我听了许多有关你的事情,老鼠先生。"凯瑟琳小姐说。

塔克一再跟自己强调,他不受他客人的胁迫。但他还是妥协了。她真的是一只优雅、散发着贵族气质的猫科动物，她的毛皮是光滑的米黄色，头则是巧克力色。她的眼睛是景泰蓝的颜色，而且比大多数猫的眼睛更锐利，感觉好像能直直穿透塔克的黑色小眼睛，这一点远远胜过亨利。同时，让这只老鼠惊讶的是，她大老远地从上西城到这边来，竟然一点儿都没弄脏她自己——对一只在塔克看来被宠坏的家猫来说，这实在是个了不起的绝招。

他张口结舌："是……嗯……我很高兴您能来到这里，凯瑟琳小姐。"

"鸽子小姐——"稍稍点了点头，凯瑟琳小姐也朝在场的露露打了声招呼。

"你好哩，凯特！"这只布谷鸟咕咕地说着。

亨利和塔克慌乱地彼此对望了一眼：她已经眯成线的黑色瞳孔是不是变得更窄了？

但是即使凯瑟琳小姐真的因为露露的鲁莽行径而被冒犯，她也一点儿没有表露出来。她太有教养了，不会流露出这样的神色。她的目光不带任何感情色彩地滑过塔克和亨利的脸庞，好像他们只是两样东西，与高跟鞋或是打破的镜子无异。"这就是有名的排水管了，是吗？"她优雅地

说，"嗯，非常有趣。"

"呃，如果您喜欢，凯瑟琳小姐，"塔克尽可能让自己听起来不像一只老鼠，而像一条堂皇的阿富汗猎犬，"我可以带您参观一下。"

"嗨，各位哥儿们，我们开动吧！我的肚子都咕咕叫了哩！"露露及时说道。

大家都知道——或许只有他们自己知道——毛皮动物也是会在他们的毛皮下面红耳赤的。

亨利用闲话家常来掩饰他的尴尬，他做得不错，只是比起凯瑟琳小姐可就逊色多了。不仅由于身为暹罗猫，天生健谈，更因为她训练有素，她非常懂得怎样把最简单的事情讲得无比有趣。她和亨利交换着他们对食物、餐巾……所有东西的观察心得。因为是闲聊，所以他们并不必相信彼此说的话，只要能把露露的声音盖过去就好。

也确实需要有人盖过她的声音，因为，说得好听一点儿，她实在是一个自以为完全清楚餐会是怎么一回事的人。就是晚餐啊！又不是谈话。她摇摇摆摆地走进了她的食物里。这话一点儿不差——她走进了那一堆面包屑里，吃得津津有味。她的鸟嘴开始吧嗒吧嗒地大嚼起来。只有在她停下相当长时间以后,那种声音才会安静下来。"噢噢噢噢噢!"这是她在找到一块还带有一点儿奶油的面包时发出的快乐呻吟。

不用说,凯瑟琳小姐可不像露露,她的餐桌礼仪可优雅了。她不但能够在冬夜里走上二十个街区而不弄脏身体,而且还是塔克唯一见过的可以舐舐牛奶而不发出声响的猫。

至于塔克,他还是一如往常,赶来赶去的,紧张兮兮的。他往返于他的食物储藏室和餐厅桌子之间,不停地跑来跑去,一心要确保凯瑟琳小姐有足够的食物可吃,几乎都忘了自己也要吃东西。

在几次这样的往返路程中,他也曾在刚巧走到露露旁边,又不被注意的时候,停下来顶顶她的肋骨,想提醒她吃东西的声音轻一点儿。她忍无可忍,在被顶过四次以后,她暂停了咀嚼,说:"你老来顶我干什么,米老鼠?"说着就拿翅膀重重地挥了他一记。这一下把他打得四脚朝天。但他也只能躺在地板上朝亨利和凯瑟琳小姐咧嘴笑笑,假装没事。

甜点是塔克的拿手菜——没融化的冰淇淋。前一晚,

塔克就从午餐摊的柜台上抢救下几乎是一整球的香草冰淇淋。他有一个妙招（只有冬天有效），可以让它不融化。他把冰淇淋放在一个纸杯里，一路经过所有的管子把它往上拖，远离地铁站的温暖，几乎上到人行道上，然后再祷告天气继续保持在结冰的温度。昨晚，由于他想制造一个惊喜，就趁亨利睡着了，自己一个人进行这项拖曳工程。如果能让塔克自己炫耀一下的话,他实在要说,整个过程简直是在表演特技。

他刚想将自己的这番经历讲述给大家,凯瑟琳小姐优雅地说:"非常美味,老鼠先生。"笑容开始在塔克脸上绽放,甚至拉开了塔克的胡子。"当然,我最喜欢的口味,也是何瑞西最喜欢的,是奶油胡桃。但是,真的,这也非常好。"

"谢谢。"塔克苦着脸说。

"我最爱的是香草口味。"露露说。她用嘴的前端当作勺子来舀取这美味的冰淇淋。等她吃完了她的那一份,不礼貌的打嗝声便在排水管里不断回响起来。甚至,连塔克、亨利以及凯瑟琳小姐的谈话声也没能盖住它。

在用她的舌头细致地舔舐过两遍之后,凯瑟琳小姐终于把胡子清理干净了。"我必须承认,"她优雅地朝塔克点了点头,"这是让人非常满意的一餐!"

"噢,我们一直都是这样用餐的。"塔克轻快地回答。

"呵呵呵!"露露嘲讽地大笑起来。

"闭嘴,露露!"塔克咬牙切齿地警告着露露。他为了把这场晚宴办得成功,让凯瑟琳小姐刮目相看,可是让自己忙得像只水獭,现在他可不想再忍受露露的任何嘲讽了。

"我相信。"凯瑟琳小姐高姿态地说,"在我会见这只我们需要讨论的动物之前——"

"凯瑟琳小姐!"这实在让塔克太受不了了,管她印象好不好,"拜托!请你不要叫他一只'动物'。他是一条狗,一条非常好的小狗,叫作亨比。"

"亨利也这样告诉过我,"凯瑟琳小姐用冰冷冷的声音回答,"他是一条非常好的小狗,你们很怕他快变成罪犯了。"

"嗯,我不会觉得有那么糟糕——"塔克开始说。

"我觉得是!"亨利替他结束了这句话,"她说得没错儿。我们要面对事实。亨比快要成为狗群的一分子了。"

"呵呵呵!"露露又不合时宜地笑了。

"喂,有什么好笑的?"塔克质问她。

"亨比要成为狗群的一分子了,"露露说,"小狗还能有别处可去吗?"

"这并不好笑!"塔克大声叫道,"露露,你给我安静点儿,拜托。因为这件事跟你没关系!"

"当然有关系!"她扑棱棱地扇动着她的翅膀,"我也爱亨比啊!"

"我不禁要奇怪，"凯瑟琳小姐现在的声音柔得像丝一样，"这条狗有这么多光彩又聪明的朋友，怎么还会有问题？"

鸽子天性太善良，露露没听懂猫话中有话，即使话锋还是冲着她来的。她傻傻地说道："是没问题！只管放他去吧！麦克斯会把他调教成一条一流的狗的，现在他已经是他的伙伴了。有一天亨比甚至有可能接管那群狗，成为纽约真正顶级的狗！"

"如果是这样的话，那还有何求？"凯瑟琳小姐皮笑肉不笑地横着瞄向亨利。

但亨利并没有跟她一起笑。他避开她的眼睛，既是因为她的缘故，也是因为不具她如此的行为。塔克也一点儿不觉得好笑，他皱起了眉头。其实多数的猫他都不信任——除了亨利，而且特别不信任一只阴险的猫。

但是正在兴头上的露露沉浸在喜悦中，完全没有察觉她周围逐渐紧张起来的气氛。"你们哥儿们该去看看麦克斯和亨比在一起的样子，他正在教这小子打架呢！"

"打架？"亨利说。这可不是一件大家所期待的事情。"打从什么时候开始的？"

"今天下午,就在我离开的时候。唆使他去攻击那条大笨狗路易,就是麦克斯的主意。呵呵呵!这是我见过的最好笑的事了!"露露还在滔滔不绝地说着。

"我相信那一定很有趣。"凯瑟琳小姐也咕咕地说,眼睛眨都没眨,不让人想到她是在模仿露露。

"所以这个小家伙紧跟着大家伙……嗨,你是在取笑我吗,老姐?"露露突然惊觉地问凯瑟琳小姐。

"我可一点儿不敢这么想!"凯瑟琳小姐回答。

"因为如果你是——"

亨利往前踏出一步,"我想或许我们现在该去公园了。"

"这真是个好主意!"塔克热情地附和他。他开始认为,亨比的问题带出了每个人本性中最坏的一面,让所有的纽约动物都开始起争执,"我们越快把他带到凯瑟琳小姐的公寓去——"

"那是不可能的!"凯瑟琳小姐坚定地说,"一条大笨狗?在我们的公寓里?太荒谬了!我们周围都是好漂亮、好艺术的东西。这是不行的!老天,何瑞西和我,我们都觉得可笑——"

"欢迎加入会员。"塔克咕哝着。

还好,凯瑟琳小姐并没听见。她太忙着喧嚷这整个想法的愚蠢滑稽了,"但是在公寓大楼的地下室,我们还可以考虑一下。至少需要几个星期,如果我能够把他训练好的话,也许我会带他到后面的哪一间房间里,每天也只是一两个小时——"

"你要让这个蓬松毛团把我们的亨比带到上西城去?"露露说。

"你是在指我吗,鸽子小姐?"

"不,亲爱的,我是在指我的右眼球。"露露转过去对着亨利和塔克,"你们要这样吗?这只穿靴子的猫女会把我们的亨比变成一条神经兮兮的小狗的——"

"亨利!我以为你一定要制止这个长毛的东西再给我乱掰名字!"

"亲爱的,这个长羽毛的东西,"露露挺起她的胸膛,"就要把你痛打一番了!"

亨利和塔克一直坐在旁边,惊讶地瞪着凯瑟琳小姐和露露愈吵愈凶。

"耗子精,"亨利无奈地说,"纽约真是一个奇妙的城

市。想想看,它竟然大到能同时容下露露和凯瑟琳小姐。女士们,拜托,不要吵了!"

"女士们,"塔克自言自语着,看着他的朋友设法把她们分开,"夹在露露和凯瑟琳两个疯女人之间,连神志清醒的老鼠也会抓狂的!"

他正准备提议让这两位女士一决雌雄之际,这场即将爆发的斗殴却突然被打断了,而且不是被亨利打断的。

第九章 警察来啦!

露露已经把一只翅膀张开了,凯瑟琳小姐则伸出两只前爪。尽管亨利还在温和地努力阻止,但暴力战争已经一触即发。不过就在第一击挥出之前,管道外传来喧闹的声音,那声音就从地铁站里传来。有人大叫的声音,听不出是几个人发出的;也有奔跑的声音,听不出有多少人和动物在奔跑。但错不了的是,至少有一条正在狂吠的狗!

"亨利!"塔克在开口处叫唤,"快点儿来!是亨比!警察在追他!"

其他几个动物也都挤到塔克周围,完全忘记了他们刚才还在吵架。

从街道那边的阶梯下面,亨比连跌带跑地狂奔了过

来。而在他后面,三名警察正三步并作两步地跑上楼梯。

"小心那条狗!"一名警察冲着地铁站里的人大喊。夜已深了,站里并没有几个人,但那几个人还是立刻像兔子一样跳起来,让出路来。

"疯狗!"第二名警察叫着。

"疯狗?"塔克惊恐地重复着,害怕地望着亨利,但他只看到了亨利眼里同样惊恐的神情。

亨比跳到他们面前,打着滑停了下来。"塔克、亨利,救命啊!"

"你得了狂犬病吗,小子?"露露好奇地问。

"当然没有!"亨比吠叫着,"刚才我们在公园里打架,其实也不是真的打,只是闹着玩。我单挑大路易,突然间警察就出现了!"他平复着自己的呼吸,"他们以为我们是当真的,反正他们也不大喜欢野狗,于是就来抓我!"

"他们又来抓你了!"塔克叫喊着,"快跑,亨比!"

一名警察纵身过来抓亨比,但扑了个空。只见亨比毛皮一闪,拔腿狂奔。他采用"之"字形的路线,先往右,再往左,然后又再往右。这边三名警察开始左右包抄。亨比的最后一跃跳到了左边,这下他被困住了。突然,状况又发生了变化。他从一名警察的两腿中间冲了过去,仅仅停了一秒钟,便不见了踪影。于是,警察也跟着消失了。

"噢,我的天!"亨利呻吟着,"他跳下地铁轨道了。"

"今晚他不要跑上一号轨道就好。"露露说。

"快飞到那里,给我们报信!"塔克下令。

露露鼓动翅膀从半空飞过,然后停在轨道上方的栏杆上,黑暗的隧道直通中央火车站。

"那个,我想,就是亨比了。一名逃躲执法人员的逃犯。你如果以为——"凯瑟琳小姐说。

亨利早已忘了他的礼貌,"看在老天的分儿上,闭嘴吧!"然后过了好一阵子,他才回过神来,赶紧加上一句,"凯瑟琳小姐,拜托你。等我们把这事搞定了再说吧!"

"露露!"塔克叫喊着,"发生了什么事?"

他们隐约可以听到她在喊:"跑啊,亨比,快跑!"

远处的黑暗里,喊叫声和狗吠声越来越小。渐渐地,喊叫声和狗吠声一起停止了。然后,变成了他们的惊恐。突然,声音改变了方向,又变得越来越大了。

"糟糕!"露露离开了她的栖身之处,"他在一号轨道上!"

排水管里的动物现在有机会看见了纽约人和动物从未见过的一幕——一帮警察从地铁轨道中冒出来,跌跌撞撞地各自寻找安全的地方。而他们的后面,亨比纵身一跃,做出了他平生最闪亮的一跃——当你身在轨道上时,再没有什么东西能比地铁火车的灯光与隆隆声响给人更大的刺激了。他正好从侧面跳上了月台,而不像那些警察,他们背滚式地滚过去,庆幸自己能侥幸保住一条性命。于是,亨比欢快地跑向他的朋友们。

"你疯了啊,亨比?"塔克说,"那样跳——"

"我不管!为了不再被抓住,我什么都愿意干!之前警察就抓住过我,把我关进警车里!我在里面被关了好几个小时,他们还在追其他的狗。等他们回来的时候——"他突然停住了。

"怎么样?"亨利迫切地想知道,"等他们回来怎么了?"

"嗯……"亨比结巴着说,"那时我真的很害怕,你知道,我可以猜到他们要把我带到哪里去,所以一等车门打开,我看到了外面的自由,我……我……"

"亨比,"亨利严厉地质问道,"你做了什么事?"

"嗯……我猜,我轻轻咬了一名警察……"亨比毛茸茸的头垂了下来。

"那真是太好了!"塔克说,"难怪他们会认为你有狂犬病。"

"喂,哥儿们,提醒你们一下,"露露现在正停在他们上方的半空中,"我不是要扫大家的兴,但是,他们又来了!"

"等一下!"亨利一把抓住了亨比的尾巴,把他从惊恐奔逃中拉了回来,"光逃跑是无济于事的,我们得把你藏在什么地方。"他的眼睛快速搜索着地铁站。清洁人员存放水桶和拖把的柜子太远,但是——"那里。那个垃圾桶!我们其余的人来分散他们的注意力。亨比,你跳进去。露露,设法让警察转头看那边——"

"妙啊!"露露扇动着她的一双翅膀。

"但是不可以啄他们的眼睛。我去假装跟他们做朋友,拖住他们。塔克,你想到什么,就去做吧!"亨利吩咐着。

"我做疯老鼠鬼脸!"塔克决定,"一定会把他们吓傻的。"

"还有,凯瑟琳小姐——"

"我?"凯瑟琳小姐惊讶地叫着,"你希望我也扯进这警方的事里?"

"是的,小姐,我是这么想的!你只要踏着你粉红色的小脚掌轻轻巧巧地走过去,在亨比跳进垃圾桶之后,再用废纸盖住他——"

"岂有此理,亨利!"

"稍后我会为我的用词道歉。准备好了,各位?出发!"

在警察看来,两只猫、一只鸽子和一只老鼠就这么以迅雷不及掩耳之势无端地冒了出来,围住了那条他们正在追捕的狗。尽管有所顾虑,但凯瑟琳小姐还是迫于形势,为这场混乱做出了她那一点点的贡献。

"嘿,这些动物在干什么?"一名警察说。

"它们把这儿当成动物园了?"另一名说。

"走开!"第三名警察说。他摇着他的左腿,此刻亨利正在那里蹭来蹭去,像条友善的龙般撒着娇。

露露挑了一名个头儿最大、样子最好看的警察,停在他的肩上。他转过头,不敢确定到底该对这只鸽子做何反应,然后带着五味杂陈的表情望着她。她也直直地回望他,乌溜溜的黑眼珠满怀情意,一面还羞怯地"咕咕咕"低语着。事实证明,她的行为有效地转移了他的注意力,将他钉在原地不能动弹。

塔克经过几次吱吱尖叫,终于成功地吸引了一名警察的注意,做出了他的疯老鼠鬼脸——他尽可能高地跃向空中,伸出他的舌头,从这名警察眼前一跃而过。这并没有真正吓到这名警察,只是让他吃了一惊。事实上,这个举动唯一吓到的人就是在午餐摊工作的那名胆小的中年妇人路易莎。纽约警方还从没人遇过这种事。这名警察难以置信地瞪着塔克,跟他的同事说:"你看看这只古怪的老鼠!"

　　这句话打断了露露的含情脉脉。她对那名高大警察的热情,瞬间蒸发在一阵狂笑声里。她笑到完全无法自制,以至于她为了撑住自己,竟用一只翅膀勾住了那名警察的脖子,还把头靠在他的头上。

　　就在这一切怪异活动的掩护下,亨比悄悄溜到了警察后面,跃入垃圾桶中,在一份散乱的周日《纽约时报》上安全着陆,几乎没发出一丝声响。凯瑟琳小姐也随后跃入垃圾桶中,以她这个年纪的猫而言,已经算是非常优雅了,然后用爪子把报纸覆盖在亨比身上。

　　经过好一番努力,两名警察终于摆脱了他们的新朋友——猫和鸽子:最后亨利把自己像蛇一般盘绕在警察腿上的身体松开,露露则随便在宽广的蓝制服肩膀上擦了擦

自己的翅膀。但是她笑得太厉害了,没办法起飞,"扑通"一声掉到了地板上。惊魂未定的她设法站起身来,摇摇摆摆地走进了一个墙洞里。猫随后纵身一跃,也跟着她走了。老鼠则在喝了最后一次万圣节"倒彩"之后,跟在他们两个后面飞奔而去。

"老天!"被塔克迫害的警察,或者该说是他的观众,摘下帽子,抓了抓头皮,"在时代广场值晚班,真是什么怪事都会遇上!"

"那条杂种狗上哪儿去了?"跟他一起的警察说。

"一定是逃跑了。"

"谢天谢地。"亨利在排水管里,喘着气说。

"先别忙着谢,"塔克低声说,"我那个警察正在搜索垃圾桶。"

"嗨,哥儿们!"塔克蹭的那名警察叫道,"这里有点儿东西。"他的手很快地伸进垃圾桶,然后抓出了……"先是老鼠,现在又是这个!"

"这个"指的是凯瑟琳小姐,那名警察抓着她颈部后面把她举了起来。虽然抓猫本来就该这么着,但是凯瑟琳小姐却非常讨厌这个举动。何瑞西从来不敢这么粗暴地对待

她。她扭动着身子并且用力喷着口水，以表示她的不满。

"别笑了，露露！"亨利说。

"好家伙，你们两个真的办了一场非常棒的晚宴！"露露乐不可支，只好倚着墙站着。

"宴会是一小时以前的事，"塔克说，"现在这是麻烦！"

"不管是什么，我都爱死了！"露露乐得上气不接下气。

"那么，我们该怎么处理这个毛毛球？"塔克吓的那名警察问道。

另外两个想了一会儿，然后露露对付的那个决定，"最好把它带回站务室。"

"对。"亨利蹭的那个也同意，"我们弄丢了狗，可我们逮回了一只猫。"

对凯瑟琳小姐来说，"站务室"听起来的意思简直就是"监牢"。于是顷刻间她的腿硬挺挺地踢出去，她的毛皮因为静电噼啪作响，她吐口水的动作变成了狂野的尖叫，凯瑟琳小姐变成了一道闪电，警察小心翼翼地伸直胳膊抓着她。

"哇！好凶的野猫！"

"亨利，"塔克小声催促着，"你得想想办法！"

"喔,让他们把她带走。"露露建议,"在监狱待一晚对她有好处!"

"亨利,他们要走了。"塔克催促道。

"嗯,我是很不想干预正当司法程序的,"亨利说,"但是——"

他从排水管里急冲出来,然后慢下来,悄悄溜到这名警察的后方。警察此刻正站在出站的楼梯上,亨利无声无息地让自己跟这名正抓着凯瑟琳小姐的警察的脚合二为一。

"小心! 还有另一只!"旁边的警察大声提醒道。

这名警察走下楼梯,仍然把凯瑟琳小姐举得高高的。凯瑟琳小姐猛地从警察手中挣脱出来,在空中旋转了两圈,凭借她猫科动物的本能,用已经做出奔跑姿势的四只脚准确触地。疾如闪电般地,她跑进排水管里——安全了。

亨利一路博斗着穿越了那些想抓住他的手。一阵急奔后,他也回到了朋友们中间。

有一会儿,警察们不是很带劲地搜寻了排水管的入口。塔克吓的那名警察甚至勇敢到把手伸了进去,但也没敢伸进去太远。

动物们背贴着墙躲着。

"你要我去啄一下那只手吗？"露露提议。

"不要！"亨利轻声说，"不要说话就好。"

没多久，露露对付的那名警察说了句："去他的！"

亨利蹭的那名警察徒劳地踢了入口处一脚，"这里有些事情怪怪的。"

他说得当然没错儿，但即使是警察也不见得弄得清纽约发生的所有怪事。

第十章 头头儿麦克斯

　　一小时后,动物们齐聚在靠近第四十二街和第十大道交口的一个停车场里。塔克当守卫,以防警察和其他过分好奇的人接近。亨利则在好言哄劝亨比从垃圾桶里出来。费了好多工夫又哄又骗又打气,小狗那双被长毛盖着的眼睛才终于从周日《纽约时报》书评版下面露了出来。又经过一再地鼓励,他终于跳了出来,然后大家踩着肉垫、踩着脚爪,尽快也尽量安静地,离开了时代广场。

　　大家都静静地走着,当然,露露除外。她坚持飞在他们前面,嘎嘎地用她最大的声音发出警告:"前面有警车! 右边车道上有两个流浪汉!"尽管不高兴,她还是帮助大家一起小心谨慎地从那些人多拥挤的街区逃了出来,把第四十二街远远地抛在了后面。

"好了，就是这里了。"亨利轻拍了一下尾巴，表达了他的决心，"我们必须决定一下该怎么做了。"

"在你们开始深思熟虑之前，"凯瑟琳小姐说，"我要跟各位道晚安了。"打从她非常不淑女的逃亡以来，屈辱让她怨恨难消，她忘不了刚才她蹲伏在排水管的裂缝里，浑身颤抖的经历。但是现在第十大道就在她面前展开，这是通往何瑞西公寓的安全与舒适之路，她曾经的傲慢又回来了。

"非常高兴能认识大家！"她的微笑闪烁着，就跟他们后面停车场里的冰一样雀跃，"好一顿美味大餐，老鼠先生！亨利，我相信我还会再见到你。但是先给我几天时间回回神。自从公寓下面两层楼失火以来，我还没有受过这么大的刺激！"她笑着，其实也没什么特别好笑的事，或许只是为了掩饰自己的尴尬，竟然弃他们于不顾。

"嘿，等等，凯瑟琳小姐，"塔克说，"你的意思是说，你就此离开，留下坐在这里的这条小狗不管他了？"

"这条小狗跟我有什么关系？"她朝着亨比怒目而视，但是她的视线很快就从他毛茸茸的脸上跳开，好像那里有什么东西伤到了她。"他算什么东西,我的意思是,除了是个祸害以外。我被害得跛上一个星期不能走路!还差点儿被捕,而且……"她滔滔不绝地说着,没有特别看着任何人,只是坚持这行不通!亨比不能跟她和何瑞西同住,就连住在地下室也不行。不成!就是不成!

这是亨比第一次听到有关把他迁到上西城去的计划。他聆听着凯瑟琳小姐所有的托词,包括公寓里有容易打破的瓷器,门房发现他在地下室……看到她最后以摇头作为结束。然后,他沮丧却很坚定地说:"她说得没错儿,我不行。"

"我说的是这件事不行。"凯瑟琳小姐纠正他。

"但我还是要谢谢你,凯瑟琳小姐。"

"谢我——"她几乎是生气地瞪着他,"为什么?"

"谢谢你把报纸盖在我身上,不然那些警察肯定会抓到我。"

"那没什么!"凯瑟琳小姐跺了跺一只优雅的脚爪,"这一切真的……很讨厌!"

"我也很抱歉让你受了伤。"

"噢,也没那么糟啦!我敢说我不会跛上一星期的。"

　　就连露露也很清楚,而不去打破这份安静。很长很长时间,凯瑟琳小姐在那里坐立不安地烦恼着,却又没有回家。

　　最后她问亨比:"小家伙,现在你要怎么做呢? 回到那群狗中间?"

　　"不,现在我们到了第十大道,我会回我的巷子去。或许在那里我会想出什么办法来。反正,只要有亨利帮着我,我就想得出。但我跟那群狗的往来已经结束了。"

　　"谁说的?"

　　从一辆破烂的别克车后面传来了很有分量的透着威严的声音。动物们全被这突如其来的声音吓得跳了起来。黑夜里,先是他的笑脸——就像一只露齿而笑的猫,其后麦克斯现身了,"你当然是要跟我们回去。我是不会无功而返的,亨比!"

　　亨利第一个恢复了平静。"你是打哪儿冒出来的?"他狐疑地问。

　　"我看到他从布莱恩公园逃脱,就一路跟着那些动画片里的警察。"

　　"你可没帮什么忙!"塔克说。

"我又能做什么呢?"麦克斯耸耸肩,"何必拿自己的命冒险呢?我在时代广场附近晃悠。如果那些穿蓝衣服的家伙又抓住了他,那就再见啰,小狗朋友。如果他们没有,将来他就会清楚怎样才不会被抓到。小家伙就是这么学会在这个城市里生存的。我尾随你们一路到了这里。"他眯着眼睛看着亨比,"你带着这些小丑跟你一起做什么?"

"我们可不是什么小丑,先生!"凯瑟琳小姐脱口而出。她很高兴——虽然她并没有意识到——可以找到一个发泄怒气的对象。"你就是亨利说的那个畜生!哼,让我告诉你,畜生,要不是我们……"但看到这条狗让人不敢置信的冷酷眼神,她噤了声。

从来还没有人叫过他畜生。"老大",有;"先生",也有……都是一些怕他的下属对他的称呼。但是从来没有,一次也没有,被人叫过"畜生"。

"这个凶老太婆是谁啊?"麦克斯轻轻问道。

"你好大胆,敢用那种词来称呼我!哼——哼——"

"好了,凯特,"露露比他们任何一位都更了解麦克斯,"冷静一下,好不好?"

"那个恶棍胆敢用脏话骂我!"凯瑟琳小姐口沫横飞地

怒斥着，"他自己才该被关在畜栏里呢，他把那些坏习惯全教给了这条小狗！"如果凯瑟琳小姐现在是个真正的淑女，而不是只猫的话，那她一定摇着一只愤怒的手指指着麦克斯的鼻子。"现在我很有意愿大声号叫一番。是的，我很想。虽然我已经多年没号过了，我要立刻把那三个警察叫来！"

听到这里，麦克斯看也没看她，就像人挥赶苍蝇一样，举起一只脚爪，捅了凯瑟琳小姐一掌。

尽管这一下并不会痛，但其他动物还是张口结舌，大吃一惊。不过对凯瑟琳小姐来说，这一掌比疼痛更糟糕。她受到了羞辱——很深的，真正的羞辱。就算是落在那些不太温柔的执法人员手里的惊恐，也不足以与之相比。凯瑟琳小姐像一只无助的小猫咪般转过身去，开始哭泣起来。

对其他人来说，看到她的眼泪是很可怕的一幕。一位真正的淑女哭起来的时候是很可怕的，不管她是人还是狗或猫。在这种时刻能令人同时感到羞愧、愤怒和无助。那种感觉就是，每当一件本不该发生的事竟然发生的时候，不管所有成文或不成文的规则怎样，你总不免有的感受。

有那么一会儿，无声的尴尬抓住了每一个人，甚至包括麦克斯。尽管他粗鲁无礼，残忍又随便，却也清楚自己做

了什么事。他从喉咙里勉强挤出一声干笑。

第二件不可思议的事情发生了。在毫无预警、甚至连他自己都不确定牙齿咬向哪儿的情况下,亨比跳向了麦克斯,咬了他的鼻子一口。

大狗没有动,没有吠叫,没有号吼,也没有龇牙恐吓。他只是瞪着这条小狗,然后,不出大气地、慢慢地道出一个事实:"我可以把你撕碎。"

"我知道你可以。"亨比往后退开。

"我可以让你在这条街上没得混。"

"我知道你可以,麦克斯。"

就像一个小小孩儿竟胆敢向一个大小孩儿动粗的那种时候,他知道那个大小孩儿可以也很可能会把他痛打一顿,而他所能做的,就是带着恐惧又有些抱歉的表情,等候他的命运。

亨利弹出了他的爪子,塔克也露出了他的小牙,露露也在想是不是该先采取行动,飞去啄麦克斯的头。她要真这么做了,大概就没命了。塔克和亨利也是一样,如果他们真有任何行动的话。这条狗够大、够世故,打赢过很多架,一举干掉他们三个都绰绰有余,甚至连亨比和凯瑟琳小姐都一起捎上,如果她能停下不哭的话。他是可以让第十大道沿路的街区血腥遍地,撒满血淋淋的羽毛和毛皮的。

他挪开了盯住亨比不放的视线,转身背对他们大家,然后大步走上第四十二街,义无反顾。

在大家定下心的静默中,没有人能解释为什么麦克斯会离开。基于隐私和对他的一种奇特的尊重,甚至没有人开口提这事。

最后亨利说:"我会送你回家的,凯瑟琳小姐。"

"不,不行的!"她已经停止哭泣,又回到本来的那个自己,开始为亨比发起愁来,"就是不可以,他不可以再回那个巷子里,真是件麻烦事!真麻烦!"

"他已经在排水管里住不下了。"塔克说着,没特别要提醒谁。

"你只好来公寓大楼,就待在地下室里。仅此一晚,给我听清楚!"凯瑟琳小姐接过这句话。

这时,亨比发出了喃喃的道谢声。

露露还在空中站岗,及时地发出了警告:"右边有三个可疑的家伙出现!"

"非常感谢你,"塔克说,"但是你也该回家了,露露。我

们不会被——"

"那可不行,老哥！"露露喊道,"我不会在此时此刻抛弃你们的！"

"露露,帮帮忙！"塔克仰头叫着,"抛弃我们吧！"

但是她没有。她扯着嗓子,一路引导着他们南下。

一只胖嘟嘟的鸽子飞在空中,两只中等大小的猫,一条特大号的小狗,和一只相当小的老鼠,组成了一支奇特的队伍。他们就这么一路跋涉,走过这个冬夜。

第十一章　地下室的回忆

史麦德利先生的公寓地下室里凌乱地堆放着许多东西，都是房客其实已经用不着却又舍不得扔掉的废弃物。有些老鼠已经住在里面，但当他们听到有新客人从打破的窗户攀爬进来的时候，就匆匆地由客厅跑进墙里，然后藏在那里，等待着地下室重新成为他们的天下。塔克在这杂物堆里感到很自在，就在其他动物等候清晨到来之际，他热诚地展开了搜索。

他们谁也睡不着，当然，除了露露。在结束了这疯狂的逃亡活动之后，露露没心没肺地说，如果没人介意，现在她想好好儿睡上几个钟头。她才把头靠在翅膀上，就开始震天响地打起呼噜，直让人担心她会把门房都给吵醒。亨利

和塔克把她摇醒，她摇摇摆摆地走到边上的一只纸箱里，然后"啪"地把纸箱盖子盖好。在里面，她终于心满意足地打起鼾来。

亨比也稍稍探查了一下环境。但是他不像塔克，塔克是用他的爪子把东西翻来倒去，而亨比是狗，所以他的调查限于一些有趣的气味上。"这里有些东西的气味闻起来很像凯瑟琳小姐！"他说。

"气味？"凯瑟琳小姐扬起了一条眉毛。

"注意你的礼貌。"亨利提醒着亨比。

"我是说，它闻起来很香，"亨比说，"有点儿像香水味。"

"嘿！"凯瑟琳小姐走到亨比嗅着的那个角落，"这是我那块非常棒的旧垫子！"

她的旧垫子是一块用钩针编织的椭圆形小地毯。"那是你的？"亨利说，"它好大，都可以……我是说，对猫来说，它还真是相当大，不是吗？"

"噢，真的！它的边缘都会从缝纫篮的周围垂下来。但是史麦德利太太就是在把我从第五十七街的暹罗猫特殊宠物店抱回来的那一天把它钩完的，而且决定不用它当地毯，而给我当睡垫。"凯瑟琳小姐笑着，"何瑞西的母亲就是这么性急的一个人,很多方面都跟她儿子不一样。我依然清晰地记得那一天,她把缝纫篮里的东西一股脑儿地倒出来,把小地毯铺得尽量舒适了,就把我也给塞了进去!'好啦!'她说,'这可是凯瑟琳小姐的垫子啦!'这就是她给我起的名字,你知道,就在那一刻,那一瞬间,我觉得自在得像回到了家。"

"家。"亨利咕哝着。

"我一直奇怪它到哪儿去了,有一天它突然不见了。"凯瑟琳小姐伸出了一只爪子,温柔地触碰着那块垫子,好像它有生命一样,"何瑞西一定认为地毯不太适合我,但是我认为它很适合。你不觉得吗,亨利?"

"如果你要它的话。"他轻柔地低声说。

凯瑟琳小姐用眼睛扫过地下室里散落的许多盒子和松散绑着的一捆捆东西,寻找着熟悉的物品,分门别类拣选着过去的回忆。

"凯瑟琳小姐,还有几小时的时间,你可以上楼睡一会儿。"亨利建议着。

"噢,不要。"她摇摇头,把这意见甩出她的胡子,"我也不要遗弃你们。我就在这里随便看看。"

亨利走到一边,蜷起了身子。他的眼睛眯成一条细缝,但他绝非睡着了。他由这条细缝里细细打量着凯瑟琳小姐,看着她漫步走过她的往事——一只最喜爱的碗,裂了,是装她的猫食用的;一只有缺口的小碟子,是装她的牛奶用的。她仿佛回到了她的童年时光。

"你瞧,亨利!我的铃铛!"她弄响了一只绑着缎带的小小银铃铛,"有一次何瑞西突发奇想,觉得我必须有只铃铛。哼,我跟你说,我可是不齿它的!"

地下室靠上方的角落里,一扇肮脏的窗户透出了一丝夜色。只见一轮银色新月正在西沉。一个低沉的声音,响遍了地下室。

"老天!"凯瑟琳小姐惊呼道,"那是什么?"

"亨比,嘘!"亨利警告道。

"过来这里,"凯瑟琳小姐召唤着小狗,于是,亨比用他有着厚厚肉垫的脚丫子走到了她的面前。

"刚才是你在号叫吗?"

"是的,小姐。"

"我以为狗只在满月的时候才号叫的。"

"我喜欢对着不同的月亮号叫。要是打扰到了你,我很抱歉。"

"噢，没有。很好听。"

"狗狗我们是这样觉得的。"

"我们狗狗，"凯瑟琳小姐纠正着他，"我们再来听听。"

亨比试了另一个音，这个音比较高，他的声音都嘶哑了。于是，他尴尬地哽住了。亨利和凯瑟琳小姐对望了一眼，一起轻笑了一声。

"看看谁长大啰！"亨利说。

"把身子弓向我，让我好好儿看着你。"凯瑟琳小姐坐在她的后腿上，"这么浓密的一头毛发！你还真能从这中间望出去，看得见东西？"

"噢，看得见。"亨比把头弯向这只年长的猫，"我会四下转动，直到找到一处开口。"

"我想这样会有帮助，如果——"她弹出她的爪子，警告他，"你现在别动。"然后开始梳理起亨比的毛发。

"哇！"亨比被拉扯得忍不住大叫一声。

"我说了，别动！这里有好大一个结。这样，是不是好多了？"

"是的，小姐。"亨比透过他现在已经梳整好，却还有点

儿脏的毛,有点儿腼腆地看着她——这很正常,因为他有牧羊犬的血统,牧羊犬本来就会像羊那样腼腆。

凯瑟琳小姐举高右掌,给他做最后的修整和梳理,但是突然间,她抽出脚爪,在地板上使劲跺着。"噢,真是的,真是的!这实在太过分了!"她转向亨利,眼睛里闪动着一种神色,但他知道那并不是怒火。

"好了,亨利,你赢了!"

"我?凯瑟琳小姐?"亨利的眼睛睁得大大的,显出一副无辜的样子,正是猫最擅长用眼睛做出的那种神情。实际上,他可不算无辜,"我赢了什么?"

"你非常清楚!"她跟他抱怨着,"我会设法骗何瑞西,让这只动物——"

"我?"亨比指了指自己的鼻子。

"别出声,小孩子!是的,就是你。只有骗何瑞西,才能让你跟我们一起住!这件事不简单。如果你以为我很难——"

"发生了什么事?"塔克听到凯瑟琳小姐喋喋不休的声音,也走了过来。亨利根本没看他一眼,只是默默地把他压在地板上,继续高度专注于凯瑟琳小姐还在说的每一句话上。

"嗯,你们不了解何瑞西,他也是得费心讨好才能获得他的认可的人。"她往上瞄了瞄窗户,已经有灰色的光线透过沾满灰尘的纱窗射了进来,"今天早上十点我们会外出到公园去。"

"那可能太早了点儿。"亨利说。

"不早了!我们星期二早上没课——"

"亨利,如果你不介意的话,让我起来!"塔克请求道。

"我只需要轻轻敲敲地板,让他知道我要出去散步了。
这时……"凯瑟琳小姐预备要走了,"我建议你,亨利,还有
你,塔克。想点儿办法,让这个毛头小家伙能对何瑞西·史麦
德利的快乐生活起到绝对不可或缺的作用!早安啦!我们
待会儿见!"

"发生了什么事啊?"这时,露露睡眼惺忪地打着呵欠
走了过来。

"亨比总算可以去跟凯瑟琳小姐一起住了。"塔克解释
着,"至少,我们是这样盼望的。"

"嗨,太棒了!"露露用一只翅膀围住凯瑟琳小姐的肩
膀,拍了拍她的背,"但是怎么花了这么长的时间你才想通
啊,凯特?"

凯瑟琳小姐瞪着眼,然后叹了口气,又望了望天,离开
了。

第十二章　河滨公园历险

　　河滨公园是曼哈顿上西城哈德逊河边用水泥铺出的一条狭长地带,里边有高大的树木,有灌木丛,也有一些珍贵物种。这地方最大的魅力,莫过于既平和又不乏王者之气的哈德逊河了。它就像一块巨大的磁铁,吸引了周围所有的东西,就连树木似乎都臣服于它的美丽。尽管受到污染,但这条河水深流急,河道宽广,不免让人想到那些随世事变迁却又总是保持某种风格的事物。它有种奇特的抚慰人心的力量,却也会让人感到自己的渺小。这种感觉,小动物会更加强烈。

　　他们一字排开,站在河滨宽阔的人行道上,透过那里的铁栏杆凝望着河流。有好一会儿工夫,谁都没说话,就连

露露也没有。这是这条河的另一个优点，它能让所有的停顿和寂静都显得平和，而非尴尬。

风儿阵阵吹来，将亨比的毛发吹成了一簇簇的。他把头颈伸过铁栏杆，盯着河水看着，"它看起来像是活的。"

"它看起来很冷。"塔克接过话茬儿，"你看到了吗？有冰。"此刻，大块的白色碎冰正在刮擦着人行道的水泥基座。

虽然已经是三月天了，而且天空明亮晴朗，河水正随着光线舞动着，但是严冬并没有离开。刺骨的寒风穿透了这些动物的毛皮，刺得他们的眼睛不禁要流泪。还要过上好几周，他们身后这片紧绷的大地才会像个摆脱梦境的人，甩甩头，然后，就在温暖的某一天，完全清醒过来。

亨利凭借太阳的位置判断，早晨已经过了近一半，"现在你记住我们告诉你的，亨比。"

"你们没有告诉我什么啊。"亨比抱怨着。

"我们说过，就是要迷人一点儿！"塔克轻快地摇动着一只爪子。

"是啊，但是怎样做才能迷人呢？"亨比摇动着自己的脚爪，却不小心打到了塔克的头。

"可不是这样的！"塔克抗议道。

"做点儿真正的狗该干的事！"露露建议，"就像电视上演的，走上前去，舔舔老史的手，然后蠢蠢地凝视他，再'汪'地叫上一声。"

"这样好吗？"亨利怀疑地说。

"对了！有个好主意！"现在露露的灵感一发不可收拾了，"找一根棍子丢在老史前面。所有的狗都爱追棍子，不是吗？"

"他们去追鸽子会更好。"塔克低声说。

"你丢根棍子，到他面前翻滚跳跃，用你的脚爪做点儿可爱的小动作。然后他丢棍子，你去把它捡回来，就搞定了！好孩子！"露露鼓励他。

"除非他是用棍子打我的头，否则我真不知道怎么在他面前翻滚跳跃。"亨比怀疑地说。

亨利抖抖他的胡子，"你知道，那个棍子的主意不坏。如果其他办法都行不通，就试试这一招。"

"什么其他办法？"亨比慌张地问着，"你都还没告诉我呢！"

露露坐在栏杆顶上，可以看得比别人更远些，"他们来

了！你们好好儿看看凯瑟琳小姐的那身装扮！"

从人行道的那一端，远远走来了凯瑟琳猫小姐和何瑞西·史麦德利先生。猫被拴在一条鲜红皮带的末端，领着史麦德利先生往前走，但或许他并不这样认为。而更为引人注目的，是他们两个的穿着，他们两个都穿着一件同样的格子毛衣。

"一样的毛衣！"塔克说，"呀！也许狗对他来说，已经太迟了，亨比！"

"我不知道猫可以穿毛衣。"亨比说。

"在这个城市，"塔克解释道，"人人都可以穿衣服。除了老鼠以外。"

"我们如果能把亨比安顿好，耗子精，我会亲自织一件毛衣给你！"亨利说，"他们坐下来了。好了，亨比，去表现吧！"

"我害怕。"

"只管出去发挥你的魅力，可爱的小杂毛！"露露鼓励着他，然后又情不自禁地发出了"呵呵呵"的笑声，热切地盼望即将上演的好戏。

当亨比拖着脚笨拙地走向凯瑟琳小姐和史麦德利先

生坐的那张长板凳时,亨利、塔克以及这只得意地咯咯笑的鸽子,退到了一排矮树的后面。此刻,凯瑟琳小姐正和史麦德利先生一起坐在长凳上,地面冰冷肮脏,而且有失她的尊严。

亨比一屁股坐下,注视着史麦德利先生,后者也一脸狐疑地回视着他。凯瑟琳小姐也看着他。渐渐地,她有点儿不耐烦地轻敲一只脚爪。漫长的等待后,亨比总算鼓起最大的勇气咳嗽了一声,清了清喉咙,发出了一声微弱的"汪"。

"好迷人!"露露轻声说。

"闭嘴,露露。"塔克下意识地说道,眼睛一刻也没离开过那张长凳。

史麦德利先生用一只手腕做了几下弹拨的动作,急躁地说着:"去!去!"好像亨比只不过是一团弹弹他就能弄走的煤灰。

亨比叹了口气,又试了一次,声音更大了一点儿:"汪!"

"这小子的词汇还真有限。"露露评论着。

"是你建议他去'汪汪'叫的!"亨利压低声音咕哝着。

"快看,"塔克说,"史麦德利先生以为亨比是在追凯瑟

琳小姐。"

几声汪汪的叫声让史麦德利先生有点儿紧张,他急忙把他的宝贝猫抱到了腿上,并且用一只手指头指着亨比,"走开,快走开!你!我们不要你在这里。是不是,小咪咪?"

凯瑟琳小姐弯着一只膝盖盯着亨比看。"小家伙,"她喵喵地说,"你得做得更好一点儿!"当然,对史麦德利先生来说,那听起来就是猫的喵喵声——他的宝贝猫完全同意了他的意见。跟多数人类一样,他只能从动物的谈话里听到他想听的。

"嗯,我正在尽我所能。"亨比低声说。

"好了,我们接受你为那些叫声做的道歉,"史麦德利先生嗤之以鼻,"但是现在跑开吧!去!去!"

"你最好让我们单独待一会儿,"凯瑟琳小姐说,"我来设法转换何瑞西的情绪。"

"好的,凯瑟琳小姐。"亨比可怜巴巴地慢慢走开了。凯瑟琳小姐则低下身子更深情地依偎在何瑞西的膝上,开始喵喵叫着。

"你们看看她怎么迷倒那个傻瓜!"塔克钦佩地赞叹着。

"哎哟！"史麦德利先生也满足地响应他的猫，"小咪咪今天心情很好喔！"凯瑟琳小姐把头放在他的手下面，索取更多的抚摸，"你想不想听点儿诗呢？"

"嗯！"凯瑟琳小姐喵喵地说，听起来很赞同他的这个提议。

"诗！呸！"露露得意地咯咯笑着，"我听到的是——闭嘴。"

史麦德利先生从他的口袋里拿出了一本名诗选集，开始朗读他最喜欢的那首诗——雪莱的《西风颂》。他很爱这首诗，一面投入地朗读着它，一面还用没拿书的手做出许多饱含感动的手势。

就在朗诵进行之际，"亨比上哪儿去了？"亨利突然说。

"他刚刚消失在长凳旁边的那些树丛里，"露露说，"我想他是在找一个——他来了！唉，真是的！"当她看见他带出来的是什么东西的时候，不禁叫起来。

"那不是棍子！"塔克脱口而出，"那是根木头！"

亨比嘴里叼着的，既不是棍子，也不是什么木头，而是暴风雪里折断的一截榆树的大树枝。树枝很大，他只能勉强咬住，很重，让他看起来像个醉酒的人，要歪歪斜斜地走

才能保持平衡。但这是他唯一能找着的东西了。他发挥了百折不挠的精神,东倒西歪地走向那张长凳。

"喔,风啊!"史麦德利先生的音调正在欣喜地上扬,他完全没有察觉到亨比的接近,还在吟咏《西风颂》的最后一行诗,"如果冬天来了,春天还会远——哇!"亨比把树枝重重地丢在了他的脚面上。

"伐——木——啰!"露露叫道。

"耗子精,"亨利深深叹了一口气,"我想你我最好现在开始去找个大上很多的排水管住吧!"

史麦德利先生痛得单脚四下跳着,凯瑟琳小姐已经惊得跳到地上,而亨比则因为耗尽了力气,坐在那里直喘气。

"你这是什么意思?"凯瑟琳小姐问道。

"他丢棍子,我去捡回来,然后我们就成了朋友,"亨比解释道,"这是露露的主意。"

"我早该猜到的!"她甩动着她的尾巴,"我想,从今以后,你最好还是把事情交给我办吧!开始头一件,就是让何瑞西看看你有多喜欢我。"

发自本能地,而且是毫不迟疑地,亨比在她的大腿上亲了一下。

"真是的！"她气恼地说，"那可不是我想要的！"

"对不起，凯——"

"好啦，算了算了。现在让何瑞西看看你有多好相处。"

"我不知道那是什么意思。"亨比咕哝着，今天下午他觉得自己好没用。

"噢，老天！握手啊！所有的狗都会这一招的，不是吗？"

亨比顺从地伸出了一只脚爪。史麦德利先生已经坐回到板凳上，他脱了一只鞋子，正在搓他的脚，"我可不要握手！"

"喵。"凯瑟琳小姐恳求着。

"喔，小咪咪是想看爸爸跟这只邋遢狗握手吗？"

"喵！"凯瑟琳小姐坚持着。

于是，史麦德利先生只好非常谨慎地，用他的拇指和食指捏住了亨比的脚爪，摇了摇，再用手指轻轻弹开了三粒灰尘，完成了他的任务。

"现在让他知道你想玩'你丢我捡'的游戏。"凯瑟琳小姐轻声说。

亨比用鼻子碰了碰树枝，跑开了几尺远，吠叫了几声，又跑回来，期待地看着史麦德利先生。

"我可不要扔那玩意儿。"史麦德利先生坚定地说。

"喵呜。"凯瑟琳小姐更加坚定。

"我们该把这拍成电影的。"塔克说。

"是的,"露露说,"这部影片可以叫'如何训练你的宠物'。"

让史麦德利先生颇为惊讶的是,玩起这个'你丢我捡'的游戏居然还挺有趣。他上回做运动还是两年半以前的事,那时他在《纽约时报》上读到一篇有关慢跑有益身心的文章。于是他从读书的椅子上站了起来,围着中央公园的蓄水池跑了一次,那一跑就足够随后三十个月之用了。但是现在,在这空气清新的环境里,他发现这运动还挺愉快的——事实上,是很开心——就这么把树枝扔出去,看着狗去追它,然后用嘴把它叼回来。他松开拴着凯瑟琳小姐的皮带,让她能去做点儿自由的活动,然后自己走上一座小山丘,找到一个更好的抛掷地点。

至于亨比,这是他第一次跟人类玩耍,他比史麦德利先生更喜欢这种奔跑、拖拉、吠叫、弹跳接树枝的动作。事实上,他玩得太兴奋了,根本忘记了自己是谁。在第五回把树枝捡回来的时候,他跳了起来,把脚爪搭上了史麦德利先生的腰。"我当时只是想把树枝交给他!"后来他解释道。

史麦德利先生完全没有防备,整个人向后跌了下去,倒在了一块冰上;亨比也顺势往前跌倒,趴到了他的身上。他们两个一起往下滚,互相踢着,想从这番纠缠中分开,却越缠越紧,就这么一路滚到了山脚下。虽然山坡很小,但满身的泥土让他们俩狼狈不堪。

"噢!噢!不!"史麦德利先生怒气冲天。他把树枝狠狠地扔了出去,这次是朝向亨比,可不是让他去捡的。虽然史麦德利先生天生性情温和、仁慈,马上就为这样的粗暴行为感到抱歉,但他实在太讨厌泥巴了,现在他满脸都是。

那根树枝打到了亨比的屁股。他哀号一声,知道大势已去,便一溜烟儿跑开了。

他跑回朋友们待着的地方,现在凯瑟琳小姐也坐在那里。"我只是……我只是……"

"我们知道你只是在做什么。"亨利像慈父般轻轻拍了拍亨比。猫,还有一些人也一样,在孩子们显得最无助的时候,最心疼孩子。

然后便是死寂般的沉默。

亨利打破了它,"好吧——"

四个声音一起问："什么好吧？"

"只剩一件事可做了。"亨利望向那条河，"英雄表现。谁能抵挡住一条奋勇救溺的英雄狗呢？"

"好主意！"露露嘎嘎地叫着，"但我们要怎样把史麦德利先生弄进河里去呢？"

"倒也不一定是史麦德利先生。"

"当然不必！"塔克开始进行这项计划，"更好的办法是，一个小老太婆！她正走在河边人行道上，我去吓她，然后她跌进去……"

"用不着小老太婆，"亨利说，"根本不用人类参与，太危险了。亨比还只是一条小狗。顺便问一下，亨比，这意味着你得跳进哈德逊河里，你能行吗？"

"不行也得行。"亨比很有犬风地说，"我宁可死在这条河里，也胜过重回巷弄里。"

"如果不要人类，那是谁呢？"露露问。

"我！"亨利果断地说，"我跳进去，然后让亨比把我拉出来——这是我们唯一的机会了。"

然后是更多的沉默，甚至更安静了。

"我怕那也不见得行。"凯瑟琳小姐本来一直跟他们分开来坐着、看着、用力地想着,这时她走了过来,"我怕何瑞西并不是那种会去关心——对不起了,亨利——一只流浪野猫命运的人。"

"那就没指望了。"亨利说。

"不,"她轻柔地跟他唱了反调,"这个策略是很棒的。"她把尾巴优雅地向上伸展,"而且刚巧世上就有这么一只让他爱到能让这整件事行得通的猫。"这时,那条尾巴盘了下来,稳稳地在她腿旁盘成了一个完美的弧形。

"凯瑟琳小姐! 你疯了吗?"亨利顿时炸了,"我也要道声歉,但是以你这般年纪的一位女士——"

"这计划真的很完美,你知道。"她充耳不闻,正在用她的胡子测试着风向,"这些年来,他一直都警告我,在没上皮带的时候一定要远离河边人行道,生怕一阵强风就会把我吹下河去。今天正好刮大风。小家伙,你会游泳吗?"

"我不知道,凯瑟琳小姐。"亨比解释着,"我从来没试过。"

"我也没有,孩子。但是我们很快就会知道了。"

"凯瑟琳小姐,我不允许——"亨利伸出脚爪,试图去阻止她。

"哦,你不允许,真的吗?"亨利的脚爪还没来得及碰到她的背,凯瑟琳小姐就蹿向了人行道。亨比在后面追她,其他人也紧跟其后。

她跑到了栏杆那边,为了等合适的强风停顿了一秒钟,然后便发出一声她最惊心动魄的暹罗猫尖叫,便消失不见了。亨比没有停止奔跑。他的四只脚还在空中胡乱踢蹬着,就也从凯瑟琳小姐选择掉落的开口处飞了出去。亨利最先到达河边,刚好来得及看到灰色的哈德逊河在亨比浓密的尾巴上合拢。

"他们在哪里?!"塔克放声尖叫。

"那边!"露露用翅膀指着凯瑟琳小姐的头,她正在呛着、咳着,努力要冒出水面。过了一会儿,亨比的头也出现了,就在她后面几码。水流,就像河水强壮的无形拳头,抓住了他们两个,把他们往南推,分开来。河岸上的人可以看见他们无助地上下沉浮,一次又一次地撞上大块的冰块,然后被压在下面。他们两个几乎都因为冰冷河水的突然刺激失去了意识,丧失了感觉。人、狗,甚至会算计的猫在决心要做英雄,却发现自己置身于失火的房间或严酷的洪水里时,通常都会发生这种情况。

亨比最先清醒,他开始疯了似的以狗跑式游向凯瑟琳小姐。一块边缘锋利如刀刃的冰块划过他的鼻子,他前面的水面立刻氤氲出一片深红色来。

"快看!"塔克叫道。

"我看见了!"亨利说,"他在流血。"

"不是,看那边!"

亨利顺着他朋友的声音仰头望去。那边,设法在他们头顶栏杆上平衡住身体的人,正是何瑞西·史麦德利先生。他努力在栏杆上稍微稳定了一下身体,然后捏住鼻子,就这么无声无息地跳了下去。

"我没料到会有这种事!"塔克喊道。

"冲动。"亨利记了起来,"他毕竟还是很像他母亲。"

现在有三个身体在河水里挣扎。

在他们周围,很多人先是被尖叫声,后来又被栏杆上这个男人所吸引,聚集过来。孩童、保姆、散步的男女……他们聚集成了喊叫的一群,沿着人行道,随着汹涌的哈德逊河里载沉载浮的那些生物一起移动着。

有声音说:"怎么没人报警?"

"我听到——"

"已经有人报警了！"

很快,公园旁的河滨大道上,传来了警车刺耳的警报声。在动物们听来,却不啻为最美的乐曲。

亨比挣扎着游到了凯瑟琳小姐身旁,尽可能轻柔地用嘴巴咬住她的颈部。还算幸运,他们被冲到了河中靠近人行道的地方。这样一来,他用脚爪抓着、刮着水泥,就可以支撑足够的时间,让史麦德利先生可以游到他们那里。现在这三个生物已经成了一起对抗致命河水的共同生命体。

不一会儿,他们又居了下风,被河水冲向更远处。河滨人行道已经到了尽头。在它的转角处,人群站在他们的上方,密切地观察着。塔克、亨利和露露也混杂其中,只是没人注意到他们,于是他们奋力挤到拥挤又兴奋的人群前面。

在猫、狗和人旋转沉没的那一片开阔水域的后面,竖立着一座废弃仓库的桩基。亨比叼着凯瑟琳小姐的脖子,史麦德利先生则抓着亨比的脖子,然后用剩下的那只手划水向它游去。水流刚才还是他的敌人,现在却成了朋友,把他们全推向一根厚实的木桩并且顶在那里,留住了他们。

"他们安全了！"塔克说。

"还要等警察把他们救出来才算。"亨利说。

"有一名警察来了！"露露扑扇着她的翅膀，看着一名警察把一根绳子绕在身上，跳进了河里，顺流游去。

"亨利，只要大家都跳进哈德逊河里——"塔克兴奋地说。

"你给我乖乖待在那里！"亨利把他的脚爪压在塔克的尾巴上，"为了一只猫，警察也许会跳进河里；为了一条狗，或许也会；为了一条人命，绝对会！至于一只老鼠，他们只会高兴解决了你。"

"拜托，亨利，你也不必这么羞辱人吧。"塔克抱怨道。

眼看救援行动要成功了，观看的人群喝彩，发表着意见，也叫喊着出了许多主意。很多人还巴不得这行动时间再延长些，没有比看着别人发生危险更能振奋一个无聊的工作日了。

才几分钟，一名警察、一名音乐老师，还有一只猫和一条狗，就把人行道弄得湿淋淋的了。"最好赶紧回家，快点儿把身上弄干。"警察说。

"我会的，警官。"史麦德利先生亲吻着凯瑟琳小姐，"非常感谢你。"

"没关系。这样总比平日追小偷好。"警察抚弄着凯瑟琳小姐的下巴，然后又蹲下来拍了拍亨比的头，"你的宠物也要弄干喔！动物也跟人一样，容易感冒的。这条狗还被割伤了。"血还在从亨比的鼻子上流下来，他不时吐出一口口红色唾沫。

"这不是我的狗。"史麦德利先生说。

"那是谁的呢？"

"我也不知道。"

亨比一动不动地站在史麦德利先生的脚旁。穿过他结成一团的乱糟糟的长毛，这名音乐老师第一次注意到他的眼睛是淡蓝色的，那是一种满怀疑问、遥远迷离的蓝色，是他们上方晚冬天空的颜色。那其中流露出的眼神，不是央求，只是疑惑。

"他没有项圈。那我得把他抓进去。"警察说。

"抓到哪儿去？"

"动物收容所。因为他没有戴项圈，是没主的狗。"

史麦德利先生皱着眉头。他望着凯瑟琳小姐。她也皱着眉头，不满地宣布着："喵！"

"不，不行！"何瑞西·史麦德利先生发着愁，"不可以这样！"

第十三章　哈皮的新家

这是四月里一个让人昏昏欲睡的下午,这也是春日里第一个真正让人无法抵挡的日子。当工作和烦恼都已消散,而和暖的空气扰人地低语着,"春天终于来了,就在窗户外面!"灿烂的阳光正透过慵懒飘摇的窗帘照了进来,而吉米·莱宝斯基就是弹不好这首《纺织歌》。

"吉米,"他的钢琴老师叹着气,"你的左手好像不能跟右手对话。"

"我知道,"吉米疲倦地说,"这只手的手指不知道该往哪儿去。"

"也许它是想去摘花。"

"它是在想我的棒球手套。"吉米说。

"拜托,再来一次!"老师用一根他用来计时的小棍子轻敲着大钢琴的顶盖,"然后你就可以把两只手都拿到棒球场去玩球了。一、二、三,来——"

"史麦德利先生,"吉米中断了《纺织歌》一开始的几小节,根本还没进入一个好的状态,"你知道怎样做可能会有帮助吗?"

"我想不出来!"史麦德利先生好奇得不大真实。

"如果我可以看看那条狗——"

"噢,狗啊。你认为他可以激励你,是吧?"

"他可以。"

史麦德利先生忍住没让自己笑出来,润了润唇,用口哨吹了一个调。那正是歌剧《拉美莫尔的露西亚》里开启六重唱的甜美曲调,但是吉米并不知道,从敞开的大门里蹦跳着进入音乐室的那条大狗,也不知道。

"哇,他长大了!"吉米惊喜地喊道。

"他确实是长大了,"史麦德利先生摇着头说,"有时我怀疑他有没有停止不长的那一天。"这条可能永远会长个不停的狗,好像把纽约上西城所有的毛都囤积了起来,罩在自己身上,像灰白的云。不过至少它是干净的,那身白色

167

的毛皮在午后阳光的照射下闪着干净的亚麻色。

他似乎有些精神亢奋,先在史麦德利先生的脸颊上习惯性地舔了一下,当然是这位音乐老师亲切地自己贴上去的。然后便把他的前掌放在了钢琴板凳上,同样舔了舔吉米的脸,显然,吉米喜欢这条大狗远胜过钢琴课。

"他可以坐在板凳上吗,史麦德利先生?"吉米问。

"我猜那可以让你成为一名钢琴演奏家。"

"拜托啦,史麦德利先生!"

其实吉米不必央求,因为这条大狗并没有等候主人的允许,就跳上板凳,在这名学生旁边坐了下来,瞪着钢琴的琴键,并开始号叫起来。

"他要唱歌,史麦德利先生!"

"年轻人!现在请你开始弹奏《纺织歌》。"

"等他唱了以后,史麦德利先生!真的,我保证!"

"呃,好吧!"史麦德利先生用力地在琴键上按下了中央 C 的音。大狗随即发出一声悠长而愉快的号叫。这绝不是中央 C 或其他任何 C 的音,但已经足以让吉米发出一阵大笑。

"再来一次!"他央求着。

"不行！弹琴！"音乐老师发出命令。

狗又号了一次，吉米又放声大笑了一次。

"不是你！"史麦德利先生发着嘘声把这只蓬松的狗垫子赶走，"现在跑掉吧，哈皮。嘘！对啦——"

"哈皮？"塔克问，"他叫他哈皮？"

走廊里，在史麦德利先生的视线之外，亨利、露露、凯瑟琳小姐和塔克正聚在一起观看并聆听着音乐室里的演奏。

"是不是很巧呢？"凯瑟琳小姐说，"就在我们把亨比带回这里之后，何瑞西把他又洗又刷地弄干净了，也让他感到自在了，这条狗好像过得非常快活，所以何瑞西就决定把他叫作哈皮（意为快乐）。当然，他先问过我的意见，但我觉得无妨，因为这也跟你们给他起的名字发音很像。"

哈皮——亨比蹦跳着跑进走廊里，"我表现得怎么样，凯瑟琳小姐？"

"相当好，孩子。"她拍着他放低的头，"但我认为还有一点儿改进的空间。"

"他可以被叫成比哈皮更糟的名字。"露露说，"如果他

跟狗群待在一起,我们就会叫他嬉皮。呵呵呵!"

塔克咕哝了一声,做了个鬼脸。这是个特殊的场合,没有人会在意这只三八布谷鸟说的这个双关语笑话,只有她自己觉得非常好笑,一连讲了好几周。

这是从发生河滨公园那件大事之后,塔克和亨利第一次受邀来到史麦德利先生的公寓。露露现在已经成了定期往来的信鸽,给他们送去有关亨比的消息,但是塔克生性紧张,无法满足于她那些乱七八糟的报告。那里面大多是笑话、趣闻,还有凯瑟琳小姐对她收集的每样东西的描述。最近凯瑟琳小姐和露露已经相处得很和谐了。凯瑟琳小姐甚至哄得史麦德利先生在厨房窗户外面安置了一个喂鸟器。虽然露露必须打败两只欧椋鸟——这件事她也曾不遗余力地加以描述——才终于将喂食器及其中的食物全部据为己有。

三个星期过去,塔克宣布,不管有没有准备好,他都要去看望亨比了,所以凯瑟琳小姐决定干脆请大家过来"喝喝茶"。当然并不是真的喝"茶"。何瑞西在上他的钢琴课时,这些东西就摆在厨房地板上一只只小碟子里了。它们包括给亨利吃的猫食,凯瑟琳小姐特别精选了她自己最喜

欢的一些口味;从史麦德利先生早餐的英国松饼上取来的面包屑,是为露露预备的;以及他午餐吃剩的薄片牛肉,是为塔克预备的。

但是说来也奇怪,这只老鼠想的却不是食物,而是别的事。"你快乐吗,亨比?"他甚至在审视那块牛排以前就提出了这个问题,"我是说,你快乐吗?哈皮?"

"什么?噢,当然啦!"哈皮心不在焉地回答着,"凯瑟琳小姐,我们今天晚上可以练习吗?"

"练习什么?"塔克狐疑地问,"他们在训练你翻滚,或是类似的愚蠢项目吗?"

"也许我们等一会儿再练习一下,"凯瑟琳小姐说,"等何瑞西上床以后。但是,现在,孩子,吃你的东西吧!你看——"她敲着一只上面用大大的红字印着"哈皮"字样的碗,"这里有我们一直给你留着的好吃的 T 骨牛排。我决定今天——"

"到底要练习什么?"塔克坚持要问清楚。

"吃你的东西,孩子。"亨利说。

他们都吃了起来。

塔克有点儿开心地舔舐着他胡子上残余的牛排肉汁,

仍不免皱着眉头关切地问:"他们让你住在哪里,哈皮?储藏室吗?"

"很高兴你提醒了我,塔克。"凯瑟琳小姐来回舔了几下舌头,把胡子也清理干净了,"大家都吃完了吗?跟我来!"她带着他们很快地穿过走廊。

哈皮在经过音乐室的门口时停住了,然后才又赶了上来,兴奋地小声说:"吉米通过《纺织歌》了,凯瑟琳小姐!"

"那很好,亲爱的。"凯瑟琳小姐也报以微笑。

"'亲爱的'。"塔克对周围每一个人咕哝着。

"我想我发的音帮助了他,对不对,凯瑟琳小姐?"哈皮又问道。

"噢,那是当然啰!"凯瑟琳小姐对着亨利眨了眨眼。不然就是有灰尘进了她的眼睛。

哈皮带点儿歉意地向大家解释着:"你们知道,吉米并不是我们最好的学生。"

凯瑟琳小姐又清了清嗓子,在他们转到一个角落时,说道:"这就是我们的房间。"

"我们的房间?"塔克停下了他的脚步。

"你在这里说话回声很大喔!"露露的评论很直接。

"闭嘴,露露。"塔克很生气。

"当然,起初何瑞西是要他睡在他的床上的,但是我坚持,而且——"凯瑟琳小姐挥了挥她的脚爪,骄傲地指着,"亨利,你认得那个吗?"

"看起来确实有点儿眼熟。"

"我的旧垫子!是从地下室拿回来的。虽然对猫来说是大了一点儿,但是我灵机一动,给哈皮用正好!"

"妙啊!"亨利开心得不得了,"真是个好主意!"

"感觉挺硬的,"塔克在垫子上跳上跳下,"我很惊讶你没让何瑞西下来睡地板,而你和哈皮——"

"噢,硬板床是最好的,对成长中的狗、猫,或者人来说都是。我自己的篮子就在这里,顺便介绍一下,它看起来很软,但是你跳进去试试看!"

"谢谢,不用了,凯瑟琳小姐。我是不会跳进嫁妆箱去的。"

"看看也无妨啦,"她愉快地说,"来啊!我想你们会喜欢你们看到的这个东西的,然后我会告诉你们我的另一个计划。"

塔克小心翼翼地支着他的后腿,朝篮子里仔细望去。

篮子底部铺着深蓝色的丝绒，四周则放着闪闪发亮的项链、手镯、戒指。"非常漂亮。"他必须承认。

"这是我的收藏！"凯瑟琳小姐说，"我在想，我们何不交换一下？我的意思是，暂时交换一下。就像大博物馆也会出借他们的东西那样。"

"我会考虑一下，"塔克说，"那颗红宝石是真的吗？就是那边那枚戒指上的。"

"是真的！那是史麦德利夫人从她阿佳莎姨婆那里继承来的，而且——"

"我会考虑一下。"塔克果断地答应了。

"我要是你，凯特，"露露说，"我会在把这些东西送进排水管之前，先为所有东西买个保险。"

"哈皮有没有打破过什么东西？"亨利问道，"不是你的东西，凯瑟琳小姐。比如史麦德利先生的传家宝什么的？"

"几个茶杯吧！"她耸耸肩，没怎么把这当回事，"不过就是些瓷器。我们把所有易碎的物品都放在了书柜的最上层。"

就在这些有关世俗财物的谈话进行之际，哈皮一直在门口不停地蹦跳着，最后他的不耐烦终于还是爆发了，他

用脚爪抓着他那张垫子的边缘，央求着："凯瑟琳小姐，我想芭芭拉·诺瓦斯是不是该……"

"还没呢，"凯瑟琳小姐打断了他，"她三点半来。等芭芭拉到了，我会告诉你的。"

"但是我能不能去看看？万一她来早了呢？她喜欢一上课的时候就先听我唱！那样她就能弹得比较好——"他满怀期待的声音一点点弱下来。

"那就去看看吧，"凯瑟琳小姐说，"但是如果吉米还在那里，不要打扰他。"

"好的！"透过他的白毛，哈皮那双蓝眼睛因为身负重任而闪亮，"只是……嗯，我当值的时候就喜欢准备好，这样可以随时处理任何紧急状况。芭芭拉上星期有好大的进步呢！"他迈开长满长毛的四条腿，大步走出门去。

等他离开了，凯瑟琳小姐终于忍不住开怀大笑起来。"你们该看得出来，哈皮已经证明他非常有用。事实上，有时候他帮的忙太多了，何瑞西都不得不关上音乐室的门。"

"他完全适应了这里。"亨利说。

"适应了……是喔！"塔克咕哝着，"我看他是再也不想住在别的地方了。"

哈皮拖着脚垂头丧气地走进来,沮丧地说:"吉米还在弹《纺织歌》。"

　　"别担心,不会太久了。"凯瑟琳小姐说,"趁这时候,你何不给亨利和塔克看看你的项圈?"

　　"好吧!但是你得把毛扒拉开。"

　　哈皮抻长了脖子,亨利则坐在自己的后腿上,用他的脚爪努力把哈皮的毛分开,才终于看到一个银色的吊牌。它的一面写着"哈皮",另一面则写着史麦德利先生的名字和住址。吊牌挂在一条红色皮革项圈上。"这表示我是合法的了。"哈皮有些得意地说。

　　"那我们是什么?骗子吗?"塔克说,"我看它跟拴凯瑟琳小姐的皮带很配。"

　　"喔,我也有条皮带!"哈皮说,"你们想看看我的皮带吗?"

　　"不用了!"

　　"我们想过也给他织一件格子毛衣,"凯瑟琳小姐说,"但是他已经有了这么一身毛,似乎没必要了。"

　　"我知道这感觉。"塔克说。

　　为了让谈话轻松一点儿,亨利问道:"项圈会让你发痒

吗,哈皮?一开始的时候?"

"有一点儿。我抓了它一天。但后来我就忘记它的存在了。"

"是啊,"塔克没好气地说,"你还挺擅长——"

"我想我们该走了。"亨利打断了塔克的话。

"喔,就要走了吗?"凯瑟琳小姐问道,"很欢迎你们留下来吃晚餐!是蔬菜晚餐。我们周二都吃蔬菜晚餐,但我相信一定够吃。"

"不用了,不用了。"亨利礼貌地拒绝了,他起身穿过通往厨房的走廊。

"不过,露露你是会留下来的,是不是?"凯瑟琳小姐说,"我知道何瑞西打算炸一些薯条——"

"好啊!"露露同意了,照常在空中领路。

到了史麦德利先生公寓的后门时,让人感到不安的时刻到了,该道别了。

塔克在做最后的一次尝试,"我想你是不会想来排水管走走的了,哈皮,来看看我们? 念在过去的情分上?"

哈皮将重心由一双腿转移到另一双腿上,"还是你们来这边比较好吧? 你知道,我真的进不去排水管了。"

"我想也是。"塔克承认。

"凯瑟琳小姐,"哈皮的目光穿过厚厚的毛盯着她,"就算不是练习,我是不是可以让他们看看我学会的本领?"

"好吧。"她答应了,但是带了点儿不悦的迟疑,"但是要轻一点儿,轻轻地!"

哈皮尽一条大狗之所能轻声号唱出《拉美莫尔的露西亚》六重唱里的起头那一小节,然后骄傲地吠叫起来。

"是呢,"塔克说,"是该走啰!"

"真的很棒!"亨利说。

公寓前门的门铃响了。"是芭芭拉!"哈皮跳着跑开。

"小家伙!"凯瑟琳小姐叫唤着,"你别忘了——"

"什么?噢——"他马上冲了回来,舔着亲了亨利一下,又舔着亲了亲塔克,因为力道太大,害得塔克人仰马翻地跌在地上,然后就跑掉了。走廊上传来欣喜的吠叫声。

塔克站起身来,掸了掸身上的毛,"嗯,这还比较像话。"

"他真的非常喜欢在学生到达时守在门口,"凯瑟琳小姐解释着,"摇摇尾巴,舔舔手,你们不知道,这为上课奠定了很好的情绪基础。"

然后又数次道别……

但是等亨利和塔克进了走廊之后,凯瑟琳小姐又把头从门里伸了出来,"噢,还有,塔克,请记得,哈皮进不了你们的排水管,但我还是可以的!"

"随时欢迎你大驾光临!"塔克向她殷勤地一鞠躬。

在下楼到街上的途中,他们俩谁都没说一个字。最后亨利提议:"我们休息一下吧。"于是,他们在楼梯转角的平台上停了下来,"好啦,耗子精,你为什么不说话,是怎么回事?"

"别叫我耗子精。"塔克扁着嘴。

"你生气了。"

"我没生气,"塔克忽然话锋一转,赌气似的说,"好,我告诉你我为什么气!我觉得他已经忘记了我们。"

"你要他想念我们?"

"他至少可以对我们有那么一点点思念!"

"然后很想家?很孤单?很可怜?"

"不是,我也不希望那样。"

"整件事的重中之重就是替他找个家。一整个冬天我们都在处理这件事,不是吗?"

"当然啦！"

"现在他找到了。能在纽约找到个家，终归来讲是个奇迹。我们不是有我们自己的家吗？"

"我们当然有！"

"那么就让我们回家去吧！我已经开始思念时代广场了。走吧！"

一只猫和一只老鼠的身影渐渐消失在夜幕之下……

作者简介

乔治·塞尔登

  乔治·塞尔登（George Selden）1929年生于美国康涅狄格州，原名乔治·塞尔登·汤普森。自耶鲁大学毕业后，他本有意朝剧本写作的方向发展，但却在朋友的鼓励下走上了儿童小说的创作道路。他的第一本书出版于1956年，不过并没有引起很多人的注意。真正使他一举成名的，是他1961年获得纽伯瑞儿童文学奖银奖的《时代广场的蟋蟀》。这本描写一只蟋蟀、一只老鼠和一只猫咪不寻常友谊的故事书，出版后即佳评如潮，一直到今天仍风行在美国市场，奠定了塞尔登在儿童文学界的地位。

很好看的新流动

梅子涵

　　有一件出版的事在童书阅读里很知名：这十年里，那本美国《时代广场的蟋蟀》已经成为一只中国"蟋蟀"。很多儿童告诉我，他读过，也读过我在书前面写的推荐——《一辈子的书》。一本儿童读过了，很喜欢，文学上也的确优秀的书，一定会成为他的记忆书。一旦成为美好记忆里的书，那就是一辈子的书。

　　一个写故事写书的人，他并不知道，会有多少人喜欢他写出的那个故事那本书。他们写的时候其实糊里糊涂。写这个蟋蟀故事的作家，他也不知道，可是他写出来以后知道了，因为很多人请求他接着写，不要老鼠和猫把蟋蟀

送离了纽约就结束，他们都希望有新故事，新感动，美国也真是一个很盼望感动的国家。接着写是一件非常尴尬的事，多少的接着写都是因为受到鼓舞，荣誉满天，于是激情满天，以为自己原来挺了不起，就糊里糊涂答应了。可是写出来，却再也没有原先的故事好看，就好像一条蛮大的河，流着，流着，流成一条小河了，波没有，浪也没有，自己站在岸上看着，也明白自己真不应该答应，有原来的那个"了不起"就可以了，不要接着流，可是为什么要答应呢？河只流一次，要流，那么就去流一条完全新的！

但是这个写蟋蟀的人，却仍旧在时代广场逛，离不开这个最有名的美国地点，纽约中心，离不开他为这个地点、中心编出的风趣人物、温暖故事。现在的这个故事就是他的第三个故事。依旧还是老鼠塔克、猫亨利，但是这一次他们要帮助的是一条小狗。

我要恭恭敬敬地说，这个叫乔治·塞尔登的儿童文学作家，是十分会编故事的！他在他的第一个故事里让蟋蟀得到歌唱的机会，是因为蟋蟀的声音对于纽约和时代广场这样的喧哗地点实在是一种稀罕。他自己自从离开康涅狄格州田野，来到这里，也是多少年从未听见，所以柴斯特只要开口，一定轰然，一定名声响遍，而且，让一只蟋蝉唱歌,是那么合物性,合逻辑,因而那么恰当和真实。这一次,他让塔克和亨利为一条流浪小狗找一个可以安顿的家,而不是和他们住在一起,是因为小狗会迅速长大,他无法钻进塔克和亨利的水管,无法和他们住在一起。这个十分会编故事的作家,首先是十分懂逻辑,懂理由,懂原因,懂合情理!一个明明不可能是真的故事,写得找不到怀疑的理由,这个故事就是真的了。一个看上去明明是在真社会真生活里的故事,可是逻辑不对,理由不对,原因不对,情理不对,加上口气不对,心理更不对,那么就绝对是假的了!所以我想,孩子们阅读这样的故事,是可以顺便学习什么是文学的假,什么是文学的真,顺便学习一些这样的文学知识,那么文学的修养就渐渐提高。让自己有文学的修养,是读文学的一个很大的意义,文学修养,是漂亮的生命修养里多么鲜艳的一大块!做父母的,要知道这一点。做老师的,更要知道。真正的教育家,不可能不知道!

一个文学故事,如果那个写作的人,希望实现一个心愿,创造一个美好,那么就总可以圆满,这也就是文学的非同寻常。生活本身不容易总是圆满,因为生活本身不都有这样的力量,这样的善良,所以文学是那样地无法缺

少！我们用他来编创一个实现，体会一个圆满，文学是最可以让人看见幸福的！这个故事里的小狗亨比也幸福了，他成了史麦德利先生的狗。这个懂音乐的史麦德利先生，曾经吃惊于蟋蟀柴斯特的歌声，写文章，让蟋蟀成了不可思议的地铁明星，纽约明星，美国明星；现在又因为他的漂亮猫儿的设法，塔克和亨利的努力，那只叫露露的鸟儿的飞来飞去，收养了亨比，让他的生命有了安定和体面。一条狗不容易像蟋蟀那样成为音乐家，但是每当有人来史麦德利先生家学音乐，亨比总是最热心地叫着去迎接，他的叫声成了史先生家里的快乐音符，甚至成为旋律。他再也不是那条第十大道死巷子里脏兮兮的流浪狗！

故事结束的时候，热情的塔克有些忧郁。亨利问他为什么？他说，他觉得亨比会忘记他们！是他和亨利让亨比有了现在，谁会愿意被忘记？

"你要他想念我们？"

"他至少可以对我们有那么一点点思念！"

"然后很想家？很孤单？很可怜？"

"不是，我也不希望那样。"

"整件事的重中之重就是替他找个家。一整个冬天我们都在处理这件事，不是吗？"

整件事的重中之重就是让亨比活得不孤单、不可怜、很快乐，现在做到了，那么别的一切还重要吗？

　　亨利的话，说的正是写这个故事的塞尔登的优秀，他给了这个故事多温厚、多洒脱的情感，就像他写的那第一个故事，正在演唱峰尖上的蟋蟀突然要回家乡了，回到田野、落叶和南瓜香味里去。塔克合乎逻辑地劝阻，可是亨利却是更合乎逻辑地理解，把一个送别的结尾叙述得很大方，很明亮，很诗意，很哲学，很现代。

　　这个亨比故事的结果也很大方，很明亮，很诗意，很哲学，很现代！

　　乔治·塞尔登很会写故事，很会写儿童阅读的文学。我也是一个写儿童阅读的文学的人，对他，我是佩服的。

　　再说一个佩服：乔治·塞尔登写动物，无论是老鼠、猫、蟋蟀、狗、鸟，都风趣，可爱，准确！这哪里是一个容易达到的水平！尤其是塔克，他卑微、热情、忽而狭小、忽而无私的那个真实的复杂，太美好！不完美的美好，可是美好得完美！塔克，现在还活在时代广场的地铁里吗？真希望他一直活着，和亨利一起。他们的长寿，也便是热情和温暖的长寿，中国更需要！

爱与成长

——《爱在时代广场》的五堂趣味阅读课

郭史光宏

（马来西亚小学语文教师，马来西亚儿童文学协会副会长）

《爱在时代广场》是美国作家乔治·塞尔登继《时代广场的蟋蟀》和《塔克的郊外》之后，以猫亨利和老鼠塔克为主人公，写成的第三部作品。一天晚上，亨利带回了一个像脏洗碗刷的玩意儿，那是一条被遗弃的小狗。排水管里添了新成员，亨利和塔克成了尽职尽责的家长，整天为小狗的衣食住行疲于奔命。小狗一天天长大，终于无法继续生活在狭小的排水管里。是时候为小狗找个新家了，但新家在何方？让小狗与流浪狗头头儿麦克斯一块儿厮混？当然不行！看来，只能让小狗跟着钢琴老师史麦德利先生了。但是，史麦德利先生已经有了一只高贵优雅的宠物——母猫凯瑟琳小姐。他们要如何说服凯瑟琳小姐，让小狗进入史麦德利先生的生活呢？过程中，会遭遇哪些挫折？又会发生哪些趣事？小狗的未来，究竟如何？

适用年段：小学中高年段

设计目标：激发孩子阅读的兴趣，引导孩子潜心阅读作品，感受作品中人物的性格特点，体会作品所传递的对美好人性的追求，调动创意思维，把作品读进自己的生活。

第一堂课

活动定位：引起阅读期待

一、观察封面

看到《爱在时代广场》这个书名，你猜猜这是一个怎样的故事？

书中的主角是一对好朋友——猫亨利和老鼠塔克。一天晚上，亨利带回了一条被遗弃的小狗。他们俩决定收养小狗，并开始为小狗的生活起居东奔西走。小狗的加入，会对两人的生活带来什么影响？两位好朋友的友谊，又是否会在焦头烂额的忙碌中变质？一天天长大的小狗，能永久待在排水管里吗？

二、制造悬念

展示书中第二章的段落：

"这是我的家！"塔克愤愤不平地压低了声音，"让他给我走！明天就走！"

"唉，让他去哪里呢？"亨利问道，尽可能地保持平静。

"再没办法，就去白雾医院！他们那里需要动物。让他们拿他做实验！"

"塔克！"亨利大声地制止他。

"我是说真的，亨利！我们可以把他卖到那里。我还能拿回他还欠我的九十五美分——"

又受伤、又担心，而且极度失望，于是亨利冷冷地转身背对着他的朋友说："今晚我不要再讨论这事了。"

塔克如此愤怒，小狗究竟闯了什么弥天大祸？塔克会把小狗赶走吗？他与亨利的友情，会因此出现裂痕吗？

展示书中第五章的段落：

"好的，好的！亨比把我撞倒，我爬了起来，然后……哎哟，亨利，他长大了！好大啊！才不到一周，他已经长了两倍那么大。也难怪，原来他都在吃那样的东西。我爬起来以后，注意到的第一件事，除了他的体型以外，就是他嘴巴旁边胡子上沾着的脏东西。我问，'亨比，你嘴巴旁边沾着的是什么东西？'他舔了舔，说，'喔，不过是点儿血。'"

小狗亨比嘴巴旁边的胡子上为什么会沾着血？亨利和塔克又会如何反应？

展示书中第九章的段落：

"亨利！"塔克在开口处叫唤，"快点儿来！是亨比！警察在追他！"

其他几个动物也都挤到塔克周围，完全忘记了他们刚才还在吵架。

从街道那边的阶梯下面，亨比连跌带跑地狂奔了过来。而在他后面，三名警察正三步并作两步地跑上楼梯。

"小心那条狗！"一名警察冲着地铁站里的人大喊。夜已深了，站里并没有几个人，但那几个人还是立刻像兔子一样跳起来，让出路来。

"疯狗！"第二名警察叫着。

"疯狗？"塔克惊恐地重复着，害怕地望着亨利，但他只看到了亨利眼里同样惊恐的神情。

哇，警察也来了！什么原因让警察对小狗亨比穷追不舍？莫非小狗亨比真成了疯狗？乍见此景，塔克和亨利要如何是好？

（说明：展示片段的目的主要是设置悬念，激发孩子的阅读兴趣。可让孩子根据出示的线索猜测故事发展，带着疑问阅读作品。）

三、制订阅读计划

大致计划每天的阅读时间与阅读章节。提醒孩子在阅读过程中重复性阅读的意义。

（说明：可视孩子的阅读经验，就《时代广场的蟋蟀》和《塔克的郊外》的信息做简单介绍或交流。）

第二堂课

活动定位：人物形象的体会

一、为书中人物写介绍

选择书中的一两个人物，梳理其前后言谈活动，把握其特点，用简洁的语言对其做介绍，内容可以包括姓名、外形、性格、动作特点、说话特点，等等。

同学间还可以玩"猜一猜"游戏，介绍中不出现该人物姓名，让同学根据介绍内容猜测人物姓名。

描写同一人物的同学可以组成一个小组，互相评判、借鉴。

二、为书中人物找原型

阅读《爱在时代广场》，书中的人物（亨利、塔克、小狗亨比、鸽子露露、母猫凯瑟琳、流浪狗头头儿麦克斯）让你想起了身边的哪些人？父母？亲戚？老师？朋友？同学？简单说一说你的原因。

我觉得书中的 _____（书中人物）像现实生活中的
_____（现实人物),因为 _____

_____。

第三堂课

活动定位:作品内涵的细读

一、找爱

整本书的故事,由小狗亨比的出现开始,围绕着亨比
的成长发展,最终以亨比终于找到了新家结束。故事中,
动物们以各自的方式爱着小狗亨比。你能不能找出大家
爱亨比的方式,并举出具体事件来说明?

二、成长

动物	爱小狗亨比的方式	事件
亨利		
塔克		
露露		
凯瑟琳		

谈到成长，你也许会马上想到小狗亨比。故事一开始，这条刚出生不久的小狗还能住在排水管里。可随着一天天长大，他已无法住在这里。故事的最后，居住在史麦德利先生家里的亨比长得更大了。

然而，"成长"不仅仅意味着身体的长大，还包括精神上的发展。亨利、塔克、母猫凯瑟琳，随着故事的发展，他们其实也变得与最初不一样了。你发现了他们的成长吗？你能结合书中的具体内容，谈一谈他们的成长吗？比如：塔克一开始_____，后来_____，最后_____。

哪个人物的成长最让你感动？是什么力量促成了他（她）的成长？与班上同学交流想法。

第四堂课

活动定位：创意趣味游戏

活动建议：

书中的人物，无论是亨利、塔克、母猫凯瑟琳、小狗亨比，还是鸽子露露和流浪狗头头儿麦克斯，个个性格鲜明，各有所长。他们各有特点，也各有缺点。为他们制作"能力卡"，讨论他们能胜任的职业，以及须避忌的职业，简单说明个中原因。可以以小组形式进行"能力卡"的讨论与制作，之后再进行班级交流。

```
┌─────────────────────────────┐
│   ┌───────────────────┐     │
│   │                   │     │
│   │      画像          │     │
│   │    人物能力卡       │     │
│   │                   │     │
│   │                   │     │
│   └───────────────────┘     │
│                             │
│  姓名:_____  昵称:_____ │
│                             │
│  特长:_____  缺点:_____ │
│                             │
└─────────────────────────────┘
```

第五堂课

活动定位:作品延伸阅读

活动说明:

介绍《爱在时代广场》作品的背景,鼓励学生延伸阅读《时代广场的蟋蟀》与《塔克的郊外》,进一步走近作家,走近亨利与塔克,走近此系列作品的另一位主角——蟋

195

蟋蟀柴斯特。

《爱在时代广场》是美国作家乔治·塞尔登以亨利和塔克为主角,所创作的七本系列小说之一。已出版中文译本的还有《时代广场的蟋蟀》和《塔克的郊外》。其中,系列的首部作品《时代广场的蟋蟀》荣获 1961 年纽伯瑞儿童文学奖银奖。

推荐阅读:

《时代广场的蟋蟀》内容简介:

蟋蟀柴斯特从没想过离开康涅狄格州乡下的草场,可他却因贪吃跳进了一个野餐篮,被带到纽约最繁华的地方——时代广场的地铁站。在人情冷漠的纽约,幸运的柴斯特遇到了聪明又略带市侩的老鼠塔克和忠诚、憨厚的猫亨利,还遇到了爱他的主人——男孩玛利欧。蟋蟀柴斯特用他绝妙的音乐天赋,回报了朋友们的真挚友情,帮助玛利欧一家摆脱了困境,自己也成为震惊整个纽约的演奏家!然而功成名就后的柴斯特却满心失落,思念起乡下自由自在的安静生活。在朋友们的理解和帮助下,他终于回到了自己深爱的故乡。

《塔克的郊外》内容简介：

蟋蟀柴斯特放弃了在时代广场声名显赫的生活，回到了郊外的草原。可不久之后，郊外也要被人类开发建设起来了，住在这里的小动物们将失去他们的家园。于是，柴斯特邀请在大城市里见过大世面的老鼠塔克和猫亨利来郊外，请他们出谋划策，拯救草原。和喧嚣杂乱的都市相比，郊外的一切是那样的清新和恬静。怎样才能保护这自然的美景呢？塔克最终想出了一条妙计，整个草原的小动物们立刻行动起来，投入这让人兴奋的妙计实施中去……